LE SANG DES BISTANCLAQUES

Odile Bouhier

LE SANG DES BISTANCLAQUES

Roman

Terres de France

PRESSES DE LA CITÉ

ISBN 978-2-258-08859-7

En souvenir de Marcel Puzin, mon grand-père maternel

A mon père, à sa grammaire et à sa famille, devenues miennes

A ma fille, brillante et lumineuse

Madeleine Ronsard rangea son chapelet et se signa. Elle gardait en mémoire la canicule de l'été 1919, moins d'un an auparavant, et priait pour que les cieux soient cette année plus cléments.

De solides escaliers de pierre desservaient les étages. Elle poussa la porte de l'atelier de soierie. A l'intérieur, le sol était pavé de carreaux de terre cuite non vernis, au plafond des poutres apparentes permettaient de caler les métiers à tisser hauts de plus de quatre mètres. Les fenêtres, deux fois plus hautes que larges, laissaient passer peu de lumière mais cela rassurait cette vieille femme que la vie n'avait pas épargnée. Elle aimait être la première à s'y installer, telle une reine en son royaume.

Dans quelques heures, l'atelier ressemblerait à une ruche bruyante et colorée. Puisque Madeleine préférait le calme et ne voyait plus qu'en noir et blanc, le patron – un brave homme, ce Luc Lebreuil – lui permettait de tisser la nuit. Elle s'assit de guingois sur le banc surélevé placé devant le seul métier encore manuel – les cinq autres étaient mécaniques – et commença à manier les pédales.

Depuis cinquante-trois ans, elle répétait inlassablement les mêmes gestes minutieux. Si aujourd'hui ses yeux flétris par le cumul des ans lui faisaient défaut, ses mains et ses jambes restaient alertes.

La machine s'ébroua, le tapis de soie fit quelques vagues, puis le choc continu des pédales de bois souleva les fils de la chaîne, émettant le son *bis*. Aussitôt, Madeleine repoussa agilement le battant, un *tan* lointain et doux se faisant alors entendre.

La vieille femme sourit – celui qu'elle préférait restait à venir –, elle ferma brièvement les yeux, histoire d'écouter, sans la regarder, la navette passer puis buter sur le bord. *Clac*. Enfin, le battant frappa la dernière trame sur les rouleaux de tissu.

Bis-tan-clac... Elle trouvait joli et pertinent ce terme, donné par les canuts au métier à tisser le siècle dernier.

Tandis que se concluait l'onomatopée, la vieille ouvrière n'eut pas le temps de rouvrir ses paupières, elle sentit qu'on l'agrippait à la gorge et la jetait face contre terre. Elle tenta de hurler, en vain. Seul le bistanclaque continua en roue libre sa mélodie. Prostrée sur le sol, elle fut traînée près de la cheminée.

Le nez dans les cendres froides et étouffantes, Madeleine Ronsard se débattit jusqu'à ce qu'un coup sur la nuque l'assommât. Madeleine n'attendait plus beaucoup de sa vie, elle se disait en sursis, à son âge tout le monde l'était, mais de là à envisager que sa mort serait aussi abjecte, non, elle n'y avait pas songé. L'homme souleva le taffetas élimé de sa robe, retroussa le jupon opaque et, tandis que le bruit assourdissant et rythmé du métier à tisser s'arrêtait net, la pénétra violemment.

Dans le silence de la nuit, le supplice de Madeleine Ronsard commença.

Une belle et chaude journée pointait. Le soleil avait une façon particulière, ici, de se lever, le ciel, encore voilé par la fin de la nuit, se dégageait doucement. La brume s'extirpa de la vallée pour laisser place aux champs verts et mouillés par la rosée.

Le vétérinaire avait besoin de se dégourdir les jambes après cette nuit de garde ponctuée par sept naissances de poulains. Il adressa à son chauffeur, qui le suivait à bonne distance sur la petite route départementale, un signe de la main, lui indiquant qu'il coupait à travers champs. La pente du pré aux Moines était raide, l'herbe grasse et confortable, il contourna l'ombre fournie d'acacias puis alluma une cigarette, inspira lentement. En écoutant un merle jaboter, il pensa à la cinquième jument, qu'il n'était pas parvenu à sauver, elle avait perdu trop de sang, il ne comprenait pas pourquoi il n'avait su arrêter l'hémorragie.

En contrebas, un ruisseau paressait, l'endroit était bucolique. Il s'en approcha en retroussant les manches de sa chemise jusqu'aux coudes et s'accroupit pour tremper ses mains dans l'eau douce.

Soudain, un paquet volumineux, sous les arbres, attira son attention. Intrigué, il fronça les sourcils et s'approcha prudemment. Une odeur répugnante envahit soudain ses narines, il eut un haut-le-cœur. Le parfum tenace de la lavande sur le tissu de sa chemise ne suffisant pas à masquer les effluves nauséabonds qui redoublaient tandis qu'il continuait son avancée, il porta la main sur sa bouche. C'était un sac, dont la toile grossière dessinait une forme humaine. Ecœuré, le vétérinaire l'ouvrit : une tête hideuse apparut, noire et gonflée. Le crâne était enfoncé du côté droit, la cervelle n'était plus que bouillie. Malgré l'état avancé de décomposition du visage, on reconnaissait des traits féminins, une dame d'un certain âge à en croire les cheveux gris et les rides sur le front. Le vétérinaire s'adossa au tronc de l'arbre derrière lui, un chêne centenaire à la ramure fournie, et, ne trouvant pas le courage de libérer le cadavre du sac, lança sa cigarette dans le ruisseau sans parvenir à quitter des yeux le corps inerte infesté d'asticots et de mouches. Puis il se laissa choir et s'endormit sur le coup, sonné par sa découverte.

Des secousses au niveau de l'épaule le réveillèrent.

Le soleil était à peine plus haut que tout à l'heure. Il avait pourtant l'impression d'avoir perdu connaissance des siècles durant. Le temps passait décidément vite lorsqu'on prenait le large.

A peine trois quarts d'heure plus tard, les alentours immédiats du champ étaient envahis de badauds, refoulés à grand-peine par des policiers et le procureur

Pierre Rocher. La rumeur s'était rapidement répandue, confirmant au professeur Salacan que partout les vautours rôdaient. Pour l'heure, il observait à travers sa loupe, fasciné, plusieurs larves de tailles différentes. Pas très grand, les cheveux foncés et épais, une moustache fournie et retroussée vers le haut à force de la tourner avec ses doigts lorsqu'il réfléchissait, Hugo Salacan, trente-huit ans bientôt, arborait, tous les jours de l'année sans exception, une cravate en soie. Celle d'aujourd'hui était, comme chaque dimanche, grise. Depuis peu à la tête du premier laboratoire de police scientifique du monde, fondé avant la guerre par Edmond Locard, dont il avait été l'assistant et disciple, Hugo Salacan, passionné de criminologie, mettait ses connaissances en physiologie et ses recherches au service des enquêtes. Une révolution dans le monde de la police : la méthode utilisée jusque-là, celle des aveux, avait donné lieu à trop de controverses dans des affaires récentes. Trop d'innocents s'étaient retrouvés derrière les barreaux après avoir avoué sous la menace, pour ne pas dire la torture. Salacan utilisait et maîtrisait des méthodes innovantes : il étudiait les empreintes, les écritures codées, procédait à des analyses biologiques, bactériologiques ou chimiques, inventait des prototypes. Bref, il aidait la police à apporter au tribunal des preuves de la présence du coupable sur les lieux de son crime. Les aveux n'étaient plus les maîtres du navire de la police, la justice commençait à recevoir et à accepter les preuves scientifiques. Alors, même si Salacan avait conscience que cette méthode en était à ses balbutiements, il était fier de son travail. Son acharnement et ses recherches finiraient par payer : à l'instar de son prédécesseur Edmond Locard, le docteur et professeur Salacan posait les premiers jalons sur la route exaltante de la police scientifique.

Le nombre de curieux attroupés sur le pré aux Moines lui aurait presque fait regretter le temps où la morgue était installée sur une plate, nom donné aux bateaux-lavoirs à fond plat retenus à la rive par des cordages et reliés à la terre ferme par une passerelle, sur lesquels les Lyonnaises lavaient leur linge.

Amarrée sur le quai du Rhône, devant l'hôtel-Dieu, la morgue, où l'on pénétrait par un vestibule – couloirs humides et froids tapissés de cercueils encore vides –, était alors avant tout destinée à recevoir les noyés qu'on retirait fréquemment des deux fleuves lyonnais et les corps non identifiés – accidentés, suicidés, assassinés. Un filet d'eau froide puisée dans le Rhône coulait en continu sur les corps et les chairs à vif, qui dégageaient une odeur insoutenable, vite devenue légendaire dans la ville.

Si les autopsies se déroulaient généralement là, dans une salle à part, le but du singulier esquif était de permettre l'identification des cadavres, exposés derrière un vitrage sur de grandes dalles de pierre.

Le lieu avait ses habitués et attirait une foule énorme lorsque des crimes défrayaient la chronique. Salacan se rappela l'affaire de l'inconnue du quai Perrache, en 1901, alors qu'il assistait le docteur Locard. C'était pourtant un jour de semaine. Des parties du cadavre dépecé, retrouvées en plusieurs endroits du fleuve, avaient suscité la curiosité d'une véritable marée humaine dès l'ouverture des portes de la morgue, à huit heures du matin. L'après-midi avait viré quasiment à l'émeute et il avait fallu mobiliser jusqu'à quarante gardiens de la paix pour canaliser le flot de curieux, si nombreux qu'ils menaçaient d'envahir la passerelle et de prendre d'assaut le macabre dépôt.

Très vite, de nombreux Lyonnais dénoncèrent l'état de décrépitude de la plate mortuaire, prise entre les crues et les orages, les sécheresses et les inondations.

Dès 1880, le professeur Lacassagne, nommé directeur technique de la morgue, installa un laboratoire de médecine légale dans les locaux de la faculté de médecine, à l'Hôtel-Dieu, tout en soulignant à son tour la vétusté de l'antique installation fluviale.

En 1909, la nature régla les choses : une nuit, la brutalité d'une crue du Rhône arracha la vieille morgue aux quais, la fracassa contre les piliers du pont de la Guillotière, puis entraîna jusqu'au confluent les restes du bâtiment, les trois cadavres exposés, le gardien et son chien. Il fallut se décider prestement à investir le local de la rue Pasteur.

Le sous-sol, dallé en ciment, fut partagé entre un monte-charge hydraulique, une cave pour le – nouveau – gardien, la chaufferie et la soute à charbon, une pièce pour le dépôt des cadavres et une autre pour les cercueils. En outre, les appareils frigorifiques, grande nouveauté reprise de la consœur parisienne, aidaient à la conservation des corps. Le rez-de-chaussée associa un amphithéâtre pour quarante-cinq élèves avec table d'autopsie au centre, mise à la disposition de l'université, à un cabinet pour le professeur et à une salle d'exposition des cadavres sur huit tables en lave émaillée, séparée du public par un grand vitrage. Au même niveau, on installa le bureau du légiste, une seconde table d'autopsie et le cabinet du juge d'instruction. Le premier étage du bâtiment fut dévolu au gardien comme logement.

Certaines zones du pré étaient détrempées, le soleil ne brillant que depuis deux jours sur Lyon. Auparavant, il avait plu plusieurs semaines sans discontinuer et cela n'avait pas aidé à la conservation du cadavre. L'enquête s'annonçait pipée et difficile.

On ne nous facilite pas la tâche... pensa le commissaire Kolvair.

Afin de leur permettre de travailler, Salacan traça un cercle à dix centimètres autour du cadavre, pour en barrer l'accès. Il s'appliqua surtout par conscience professionnelle, les badauds avaient de toute façon piétiné les rares indices. A force d'obstination, la préservation d'une scène de crime deviendrait, il l'espérait vivement, une routine obligatoire. En attendant, il s'échinait à montrer l'exemple.

Il ouvrit la mallette en cuir où il rangeait méticuleusement ses ustensiles scientifiques et les étala par terre. Salacan était fier d'avoir obtenu le financement de cette trousse d'urgence, dont l'idée lui avait été soufflée par ses années de collaboration avec le docteur Locard. Elle contenait tout ce qui était nécessaire pour les opérations sur le terrain, à la seule exception de l'appareil photographique.

Une boîte hermétique à plâtre de Paris et des cuvettes de tôle empilées étaient astucieusement disposées dans le fond. L'une des cuvettes était destinée à recevoir l'eau, l'autre servait à gâcher le plâtre. Quiconque avait eu à faire des moulages de pas en rase campagne savait combien il était précieux d'avoir avec soi tout le nécessaire.

Dans le couvercle de la trousse, on trouvait une large case pour le papier vierge destiné aux plans et aux notes, et, en dessous, les fiches d'identité en blanc. Les multiples petits casiers fermés étaient autant de cavernes – forte loupe, cire à modeler pour les traces d'effraction, diamant à couper le verre, bandes millimétrées pour la photographie métrique, décamètre pour les levés de plan, papier citrate blanc et noir pour les transferts d'empreintes, crayon, couteau à plusieurs lames, tube d'encre typographique, rouleau de caoutchouc, plaque à encrer pour prendre les empreintes des suspects et des témoins, céruse et antimoine pour colorer les empreintes latentes, papier Joseph pour dissoudre les taches de sang intransportables…

Cette trousse, et Salacan y veillait personnellement, devait être toujours prête et complète, de façon à ne pas avoir à se préoccuper au dernier moment de tel outil, et surtout pour ne pas avoir à regretter sur le terrain l'absence d'un objet irremplaçable.

— Virez-moi tous ces crétins qui sont en train de piétiner les indices !

La voix grave du commissaire Victor Kolvair gronda au milieu du brouhaha. Grand et élégant malgré une large carrure, unijambiste, des lèvres charnues, Victor

Kolvair s'était rendu indispensable en confondant brillamment un dangereux criminel. Une enquête difficile, juste avant la guerre, qu'il avait résolue avec l'aide du professeur Salacan. Puis, volontaire sur le front, il était revenu en 1916 de la Somme, amputé de sa jambe droite. Pugnace, il avait convaincu ses supérieurs de lui permettre de reprendre du service malgré ce handicap. Personne n'y avait d'ailleurs trouvé à redire, la police avait besoin de bons flics. Une denrée rare.

Le visage de Salacan se détendit à la vue du commissaire, avec qui il dirigeait l'unité scientifique de la police judiciaire lyonnaise.

Kolvair fit un signe de tête en maugréant, indiquant à deux lieutenants d'interdire l'accès au pré à quiconque n'était pas du service. En moins de quelques minutes, les badauds furent dispersés, en tout cas éloignés à bonne distance.

Salacan tendit au commissaire un débris de verre en prenant soin de n'en toucher que les bords tranchants. Kolvair, ne notant aucune empreinte suspecte sur le morceau, se demanda pourquoi le professeur prenait autant de précautions. Puisque le scientifique ne laissait jamais rien au hasard, le commissaire décida de lui faire confiance.

— Il provient du miroir de poche de la victime, indiqua le professeur en proposant sa loupe à Kolvair.

Le commissaire Kolvair se pencha pour observer et, ne remarquant toujours rien de spécial, s'impatienta :

— Et donc, professeur ?

— Observez bien, commissaire, riposta Salacan.

Kolvair obtempéra ; Salacan n'insistait jamais sans raison valable.

Le commissaire s'appliqua à scruter chaque millimètre du verre que Salacan tenait toujours avec précaution. Soudain, il aperçut à hauteur d'yeux deux petits points qui indiquaient la trace d'une aiguille ; comme si quelqu'un, en piquant le miroir à cet endroit précis, avait symboliquement crevé les yeux de la victime.

Il s'approcha du corps putréfié et ôta le sac, les pieds du cadavre pourri se détachèrent en partie. Le procureur, resté en retrait, se figea ; Salacan s'approcha et se pencha. Le corps était replié sur lui-même, les cuisses fléchies sur l'abdomen, les jambes rabattues sous les cuisses, les pieds relevés sur le devant des jambes. Les bras pendaient le long du torse.

— Il s'en est donné, du mal, celui qui a fait ça ! lança le commissaire Kolvair en allumant une cigarette.

— C'est le moins que nous puissions dire, opina Salacan, fronçant les sourcils.

Tout le corps avait été ligoté et les tours de corde – apparemment une seule, pas neuve – étaient si nombreux, si enchevêtrés, qu'il était impossible de les suivre dans leur parcours. Salacan scruta le cadavre avec une loupe à fort grossissement. Son regard s'attarda sur les zones ayant attiré le plus d'insectes : les plaies, la bouche, les oreilles, le nez et l'entrejambe de la vieille dame.

— Une mouche bleue et plusieurs de ses larves... détailla le professeur.

La première affaire criminelle résolue avec l'aide des insectes datait du treizième siècle, en Chine, lorsqu'un assassin fut trahi par les mouches attirées par l'arme du crime, sa faucille. Un autre chercheur, Yovanovitch, avait publié dès 1888 des planches en couleurs décrivant ces animaux nécrophages trouvés sur les cadavres. L'entomologie permettait de dater la mort d'une dépouille putréfiée et Kolvair savait, pour avoir lu *La Faune des cadavres*, traité du vétérinaire Jean-Pierre Mégnin publié en 1894, que la décomposition d'un corps se déroulait en quatre phases majeures. Huit vagues d'insectes se succédaient sur les cadavres en décomposition.

Il se gratta le menton puis griffonna dans un carnet le croquis du macchabée. Salacan s'empara d'une pince à bouts crochus, recroquevillés telles les griffes d'une sorcière, pour saisir un échantillon du sac de toile qu'il fourra dans une éprouvette. Le procureur n'avait encore pipé mot, apparemment épaté par l'aisance du célèbre docteur en criminologie face au corps putréfié. Décidément, ces scientifiques étaient des gens bizarres. Il préférait, quant à lui, la rhétorique du droit et les privilèges que lui procurait sa situation.

Petit et maigre, des yeux globuleux qui rappelaient ceux d'une chouette effrayée, les sourcils en bataille, Pierre Rocher portait une chemise à jabot totalement démodée. Il n'était ni doué, ni particulièrement intelligent. Bien né, encore mieux marié, tenace et aigri, Pierre Rocher n'avait pour l'heure qu'une idée en tête : ne pas rater la réouverture, tout à l'heure, de la Société des courses de Lyon, à l'hippodrome du

Grand-Camp. Son favori – Guérido, un des chevaux de l'écurie d'Estournel – devait courir le Prix du Parc, les pronostics s'annonçaient prometteurs, la journée superbe, pas question de ne pas y être vu.

— Je vous retrouve au palais de justice à quinze heures, avec vos premières conclusions.

Rocher pensa qu'ainsi il aurait largement le temps de retrouver sa femme et leur fille pour se rendre avec elles à l'hippodrome.

— On n'est jamais trop prévoyant, c'est certain...

Le commissaire avait ironisé en tirant lentement sur sa cigarette. Sans un regard pour l'homme de loi, il recracha énergiquement la fumée.

— C'est officiel, on prend l'enquête, n'est-ce pas ?

Sa question avait un goût prononcé d'affirmation. Rocher, lèvres pincées, grimaça. Sa stupidité ne l'empêchait pas de tenter quelques blagues, il pointa le cadavre entortillé.

— Ton équipe de scientifiques et toi aimez avoir du fil à retordre, alors faites-vous plaisir, lança-t-il, cynique.

Le procureur avait dit juste, la corde qui ligotait le cadavre n'était pas une corde, mais plutôt un long fil. Salacan ne releva pas, il avait cette faculté, lorsqu'il était plongé dans ses raisonnements ou réflexions scientifiques (c'est-à-dire en permanence), de pouvoir s'isoler d'un monde extérieur qui lui importait peu. Kolvair, rompu au degré zéro de l'humour du procureur, esquissa quant à lui un sourire consterné.

Le commissaire connaissait le procureur Rocher de longue date, depuis l'enfance exactement. Ils n'étaient pas ce qu'on peut appeler les meilleurs amis du monde. Loin de là.

Pierre Rocher contint une toux sèche. Pour signifier à l'assemblée qu'il quittait les lieux, il enfila ses gants de soie. Son assistante, Solange Dumain, lui emboîta le pas.

Son chapeau cloche descendait si bas sur ses yeux qu'il était presque impossible de la reconnaître. Férue de mode, la jolie jeune femme – à peine vingt-trois ans – portait une robe chemise dont la coupe droite, qui mettait la taille sur les hanches et aplatissait la poitrine, lui donnait un air ingénu qui ne lui correspondait pas du tout.

Le commissaire Kolvair, en les regardant s'éloigner, ne put s'empêcher de se demander s'ils couchaient ensemble. Rien n'était moins sûr. Simplement, dans les moments difficiles, supputer lui permettait de garder la tête froide.

— Commissaire, venez voir !

Kolvair rejoignit le professeur qui, agenouillé un peu plus en aval, scrutait le reste d'une malle cabossée et puante. Si le commissaire ne croyait pas en l'égalité des hommes de leur vivant, il convenait que, morts, leur odeur les rendait plus fraternels.

Un leurre, dit-il en lui-même, mais un leurre efficace.

Salacan se releva en avisant l'osier pourri.

— Aucun doute, notre cadavre s'y trouvait enfoui. Ce qui explique les torsions du corps.

Kolvair observait les alentours.

— Le coupable est venu jusqu'ici en voiture, puis a balancé la malle depuis la route.

Le professeur Salacan ne l'écoutait pas, absorbé à mesurer la distance entre le cadavre et la malle. Le commissaire en profita pour terminer sa cigarette en admirant le paysage. Il ne manquait à ce décor verdoyant et vallonné que quelques cyprès pour correspondre à l'idée qu'il se faisait du paradis terrestre, pourtant un fou avait transformé ce nirvana en scène de crime. A croire que le monde entier en était une géante.

Il regarda Salacan, qui était remonté jusqu'à la route et s'échinait à prendre mille mesures entre la malle et le corps, entre le corps et la route.

Lorsqu'il eut terminé son manège, le professeur rejoignit Kolvair.

— Selon mes calculs et la déclinaison de la pente du pré, le coupable a transporté son encombrant colis jusqu'ici en voiture, affirma Salacan en montrant un point précis entre deux arbres. Puis, à l'abri des regards, il a jeté la malle depuis la route.

Kolvair aurait bien taquiné son collègue en lui demandant s'il avait pu déterminer quelle voiture possédait le coupable. Sachant Salacan susceptible, il préféra opiner du chef en silence.

Le service des personnes disparues, ouvert depuis sept mois et relégué à la cave de l'hôtel de ville, se composait d'une seule pièce aveugle. Il n'y avait aucune archive autre qu'un lourd registre entamé depuis peu, et Kolvair se fit la réflexion que la municipalité ne craignait décidément pas d'user d'hyperbole. Il consulta le dernier trimestre.

Plusieurs femmes de l'agglomération lyonnaise avaient, ces temps-ci, mis les voiles. Pour autant, Kolvair n'osa se dire qu'elles s'étaient fait la malle. Cette réflexion, vu les circonstances, lui paraissait malvenue. Il nota leurs signalement et adresse.

En sortant, il se décida à faire un crochet jusqu'à une échoppe du quartier dont l'adresse était confidentielle. Il tenait à être le premier à se procurer le dernier enregistrement solo du pianiste Rachmaninov, un prélude en *ut* mineur que les spécialistes avaient annoncé comme un grand cru. Le disque sous le bras, il ne résista pas à l'envie de rejoindre son appartement.

Même s'il détestait les bondieuseries, le commissaire résidait à Fourvière, seul quartier où le regard n'était pas empêché par la fichue basilique. Comme beaucoup de Lyonnais, il la trouvait particulièrement malvenue et grandiloquente – sanctuaire paré de marbre et d'or, décoration surabondante – alors que les temps actuels invitaient à plus de pudeur.

Pourtant, malgré cette touche de mauvais goût qui lui rappelait la salle des fêtes d'un casino mexicain, Kolvair appréciait sa colline. Surplomber les deux fleuves et Saint-Jean sans se coltiner l'imposante église était un privilège.

En outre, il était convaincu qu'ici étaient cachées les ruines de l'amphithéâtre romain de Lugdunum. Personne, pour l'heure, ne les avait encore découvertes. Il plaisait à Kolvair, intarissable sur l'histoire de sa ville, de s'imaginer que sous ses pieds les vestiges reposaient.

Lorsqu'il poussa la porte de son appartement, un chien trapu et débonnaire releva la tête.

— Salut, Néron.

L'animal, qui n'avait rien d'un incendiaire, reprit sa sieste.

C'était un labrador noir que Kolvair avait trouvé à Rome, près des ruines de la Maison dorée de l'empereur. Quelques faibles jappements avaient attiré son attention. En remarquant le chiot orphelin, couvert de poussière et affamé, il n'avait pas hésité à l'emporter avec lui. Les deux compères, après s'être toisés quelques jours, s'étaient respectivement adoptés.

L'appartement, pas très grand, se réduisait à deux pièces en enfilade dépouillées de meubles. Il était en cela à l'image du commissaire. Des livres et des encyclopédies traînaient à même le sol. Dans la première salle, qui faisait office de salon, un gramophone Victrola IX, dont le cornet était dissimulé à l'intérieur d'un meuble, était posé sur une caisse de vin, recyclée en piédestal. Le Sonora à tête mixte que Kolvair avait acquis peu avant se trouvait, quant à lui, dans la chambre. Pour l'acheter, Kolvair avait sans regret écorné ses économies. C'était le premier appareil permettant la lecture des deux types de disque. Son pavillon intérieur était caché par une grille décorative qui laissait passer le son, il possédait une aiguille pour lecture de la gravure latérale et un saphir pour la lecture de la gravure verticale. Il fallait changer l'aiguille à chaque audition pour ne pas abîmer le son, procédé coûteux que Kolvair réservait à certains enregistrements.

Impatient, il déballa son nouveau disque, actionna le moteur à ressort en remontant la manivelle, puis ferma le couvercle pour ne pas entendre le frottement de l'aiguille sur le disque. Les arpèges s'égrenèrent. Néron émit un aboiement. Kolvair, définitivement convaincu, alluma une cigarette.

— Tu as entendu ça ?

Pressé par ses obligations professionnelles, il finit néanmoins par arrêter le gramophone.

Kolvair et son chien mélomane rejoignirent ensuite la gare du funiculaire. Les notes graves de Sergueï Rachmaninov trottinaient dans la tête du commissaire.

Elles formaient un prélude en plusieurs actes et si le compositeur y exprimait l'inquiétude, puis, suite à une accélération crochetée, l'effroi, une certaine mélancolie dominait. Le wagon dévala la pente. Kolvair, installé sur le banc en bois de l'inconfortable cabine, regarda Lyon défiler sous ses yeux, il connaissait par cœur le trajet et ne s'en lassait pas. Devant lui, deux étudiants commentaient à voix basse un cours de mathématiques, une mère retenait fermement un landau, secoué par la descente. Derrière, un groupe d'ouvriers fumaient en silence. Le funiculaire freina dans un grincement infernal, déjà la place Saint-Paul, Kolvair se prépara à descendre. Néron sortit le dernier, derrière la dame au landau.

La file de ceux qui voulaient monter était longue, certains pleuraient discrètement. Tous étaient vêtus de noir. Dans l'emplacement réservé, Kolvair vit soudain un cercueil.

Les animaux avaient du flair, le bois du sarcophage ne suffisait pas à tromper leur odorat. Néron s'écarta en gémissant.

Kolvair se souvint de l'enterrement de sa grand-mère, lorsqu'il était enfant. Il n'y avait alors pas de funiculaire à Fourvière et grimper la colline pour ensevelir les corps au cimetière de Loyasse épuisait les chevaux.

La montée de Choulans, que les bêtes devaient emprunter pour aller déposer le cercueil au cimetière, était raide et sans fin. Beaucoup, éreintées, y laissèrent leur carcasse, ce qui faisait cher l'enterrement. En 1900, la construction de cette « ficelle des morts », ainsi que les Lyonnais surnommaient ce funiculaire, fut la solution qui permit d'arrêter le massacre.

Le commissaire prit la tangente pour rejoindre la rue de la Loge, Néron à sa suite. Les Lyonnais avaient, au dix-neuvième siècle, massivement rejeté les projets de destruction du quartier Saint-Jean proposés par leur préfet Vaïsse, influencé par Haussmann, son ami parisien. Le commissaire leur en savait gré lors de ses flâneries quotidiennes – un nébuleux parfum méridional se dégageait de ces ruelles bordées de façades colorées et de boutiques d'artisans. Les rues, étroites et sinueuses, étaient devenues mythiques, mais il fallait bien avouer que c'étaient les bouchons qui s'y cachaient que Kolvair aimait tout particulièrement.

Ainsi, la meilleure blanquette de veau se mangeait chez Blandine, à l'angle de la rue de la Bombarde, tous les collègues le savaient. Les têtes de veau faisaient débat, Jeannot, rue des Trois-Maries, les servait avec une sauce onctueuse, tandis que Marguerite, rue Sainte-Croix, les préparait aux petits oignons. Le vrai dilemme du commissaire Kolvair, c'était les quenelles. Personne n'avait réussi à égaler celles que cuisinait avant-guerre, rue du Bœuf, Célestin, hélas jamais revenu des Ardennes. Orgueilleux, cet idiot n'avait pas daigné, avant de partir la fleur au fusil, partager son secret de préparation. Il tenait la recette de sa mère, morte elle aussi. Dès lors, impossible de retrouver des quenelles aussi fondantes. Les Célestin avaient emporté dans la tombe leur savoir culinaire.

Blandine avait bien essayé d'augmenter la dose de blancs d'œufs pour rendre plus mousseuses celles qu'elle concoctait, une fois par semaine, le dimanche précisément. Mais rien n'y faisait, ce n'était pas pareil et, pour être honnête, bien moins savoureux.

Talonné par Néron, Kolvair quitta la rue Saint-Jean pour bifurquer à gauche dans la rue du Palais-de-Justice. Sur les pavés, la lumière, soudain ambrée par le reflet lointain de la Saône, lui fit cligner les yeux.

Malgré l'étroitesse de la rue, le soleil et le vent s'engouffraient entre les immeubles. Une des feuilles du carnet qu'il tenait dans sa main s'envola. Pour éviter le souffle brutal et l'aveuglant puits de lumière, il se déporta sur le côté droit, évitant de justesse un cycliste qui sortait à vive allure de la cour du palais de justice.

Néron coursa le deux-roues en aboyant. Kolvair reconnut la bicyclette du jeune assistant de Salacan.

Arrivé récemment dans le service, Jacques Durieux était originaire de Savoie. Cette région, rattachée depuis tout juste soixante années à la France, faisait autant polémique que ses habitants. Ils étaient réputés secrets et frustes, comme les Italiens.

— Deux indéniables qualités, convint le commissaire à voix basse, pour lui-même.

Le jeune homme freina brusquement sur les pavés.

— Nom d'une pipe, Durieux, où allez-vous comme ça, vous avez bien failli me renverser ? !

Durieux tendit la main, Kolvair la lui serra fermement.

— Désolé, commissaire, ne vous inquiétez pas, je vous avais vu.

Jacques Durieux, allure chic et sportive avec son complet veston dernier cri et ses guêtres blanches sur des souliers très pointus, portait négligemment un élégant sac à dos en toile bleue dont il ne se séparait que rarement. Il ne semblait absolument pas désolé, pourtant Kolvair s'abstint de tout commentaire.

Néron repéra la feuille du carnet de son maître, accrochée à une branche près de la tête d'un pylône en bois. Le courant d'air l'agitait.

Curieux, le scientifique descendit de sa bicyclette.

— C'est important ?

Kolvair n'eut pas le temps de répondre.

Devant ses yeux ébahis et ceux de quelques passants, il commença à escalader le pylône.

Sa dextérité et sa souplesse soufflèrent le commissaire ; il ne semblait pas connaître le vertige, ni être impressionné par les grésillements inquiétants des fils électriques. Kolvair ne le lâchait pas des yeux, tapotant le museau de son chien. Il acquit la certitude que le jeune Savoyard était un excellent alpiniste lorsque ce dernier attrapa le papier sans même frôler les fils.

Concentré, Durieux sauta sur les pavés, tel un enfant inconscient du danger, puis tendit la feuille à Kolvair. Il se remit aussitôt en selle. Néron, déjà happé par un autre divertissement, l'ignora.

— Merci, glissa Kolvair, qui ne trouvait rien d'autre à dire.

Le commissaire savait peu de choses de Jacques Durieux, hormis qu'il étudiait à Lyon la physiologie et rédigeait une thèse sur la médecine et l'altitude, avec pour ambition de se faire embaucher à l'observatoire de Vallot, dans le massif du Mont-Blanc.

Le pied sur sa pédale, le scientifique était prêt à détaler.

— J'ai reçu l'ordre de rejoindre l'inspecteur Legone. Un cadavre vient d'être découvert.

Durieux envoya un signe de la main. Kolvair ne prit pas la peine de répondre, avec cette chaleur mieux valait économiser ses gestes, le vélo avait de toute façon déjà bifurqué pour s'engager sur la presqu'île.

Néron, habitué des lieux, resta dans la loge du gardien. Kolvair commença l'ascension des nombreux étages. Deux cadavres en quelques heures, il y avait des jours où c'était fête, à la police judiciaire.

Muni d'un pinceau doux, le professeur Hugo Salacan terminait de modeler une empreinte de semelle. Lorsqu'il entendit le chêne des escaliers grincer, il resta penché sur ses travaux pratiques. Si la gomme laque, matière plastique naturelle, s'amollissait en chauffant, elle durcissait à toute vitesse en refroidissant. Et coûtait cher.

Finalement soulagé d'avoir évité tout gâchis, il nettoya et rangea ses outils. Les pas dans les escaliers se rapprochaient. Il reconnut la démarche de son collègue, et aussi sa lenteur.

Salacan n'avait jamais évoqué avec Kolvair son amputation, il n'avait pas fait la guerre, en tout cas pas sur le front, et cet avantage (comme si c'en était un de soigner les soldats défigurés par la souffrance, tripes à l'air, gueules cassées) le mettait mal à l'aise face aux anciens combattants. Non que sa chance le complexât par rapport à eux, mais Salacan redoutait leurs récits hantés par la charogne et l'impudeur. Côtoyer la mort ne lui posait pas de problème, il aimait son métier et elle en faisait partie, mais en parler comme on exhibait ses médailles, non, c'était plus fort que lui, il n'y arrivait pas.

— Du neuf, professeur ? s'enquit immédiatement le commissaire en pénétrant dans le grenier qui faisait office de laboratoire de police scientifique.

— Ce qui ligotait la victime est un épais fil de soie.

Hugo Salacan tendit à Victor Kolvair une feuille noircie de formules et conclusions. Tout en accrochant son manteau sur la patère près de la fenêtre, le commissaire entreprit de déchiffrer les symboles.

— La femme était déjà morte avant d'être enfermée dans la malle, vous en êtes certain ?

Ils échangèrent un regard.

— Absolument, commissaire. Badou ne devrait pas tarder à le confirmer.

Damien Badou était le médecin légiste.

— Je tente une reconstitution faciale, mais sans garantie, les lambeaux de chair ont du mal à adhérer. Il faut attendre le séchage.

Si Kolvair ne se faisait pas d'illusions – la création de ce laboratoire scientifique, le premier au service de la police française, n'empêcherait pas, jusqu'à la fin des temps, les amoureux de s'aimer, les cambrioleurs de cambrioler, ni les assassins d'assassiner –, il restait indéniable que le génie de Salacan offrait à ses contemporains la sensation de participer à une nouvelle ère de l'humanité. Grâce à lui, la science acquérait des lettres de noblesse.

Le téléphone, sur le bureau du professeur, sonna. Les mains couvertes de terre, Salacan adressa un signe de tête au commissaire afin que ce dernier décrochât. La troisième sonnerie n'eut pas le temps de retentir, Kolvair saisit le combiné.

— Commissaire Kolvair, j'écoute.

— Mes respects, commissaire, ici Badou.

— Que raconte notre autopsiée ? questionna Kolvair en appuyant ses fesses sur le rebord du bureau.

— De sacrées histoires, commissaire, de sacrées histoires… Il y a une information en particulier que j'aimerais soumettre au professeur…

Une étincelle s'alluma dans le regard du commissaire, qui se redressa.

— On arrive, ajouta-t-il avant de raccrocher d'une poigne tonique tout en saisissant son manteau de l'autre main.

Le professeur était impressionné par Kolvair qui, malgré sa jambe de bois et sa désinvolture, parvenait à faire plusieurs choses en même temps. Il l'interrogea du regard.

— Laissez tomber vos travaux manuels, Salacan. Badou vous demande en urgence.

Salacan n'eut pas le temps d'en savoir plus, le commissaire avait déjà disparu dans les escaliers. Il prit néanmoins le temps d'inscrire quelques mots à la craie sur le tableau pour encourager Durieux à approfondir ses recherches cellulaires, au cas où il reviendrait avant eux.

Victor Kolvair, féru d'automobiles, avait obtenu de conduire, malgré son handicap, une rutilante Panhard-Levassor avec moteur quatre cylindres de vingt-quatre chevaux. Un ingénieur avait eu ordre de lui bricoler un prototype permettant d'accélérer et freiner avec la main.

Au début de leur collaboration, Salacan avait craint et évité d'être son passager, mais il lui avait bien fallu admettre que le commissaire maîtrisait le caisson. Surtout qu'il n'avait pas son pareil pour déjouer la circulation lyonnaise, perpétuellement embouteillée.

Seule ville au monde, avec Pittsburgh aux Etats-Unis, à posséder un confluent intra-muros,

Lyon s'est toujours trouvée dans une situation ambiguë face aux deux cours d'eau qui la traversent. Elle en tirait sa richesse – le Rhône et la Saône contribuèrent largement à son essor économique. Paradoxalement, elle subissait les assauts répétés des eaux, sources d'inondations désastreuses et d'épidémies redoutables. Sous le Second Empire, les grands travaux menés par le préfet Vaïsse dans un triple dessein d'embellissement, de salubrité et de sécurité visèrent à améliorer le centre-ville au maillage urbain encore quasiment médiéval ; il était désormais doté de larges rues qui aéraient la presqu'île.

Les travaux mirent la cité à l'abri des inondations, un vaste réseau d'égouts fut créé, la distribution de l'eau confiée à une société privée, la Compagnie générale des eaux ; cette dernière puisa dans les sources des collines, dans l'eau de pluie, ainsi que dans les eaux du Rhône, recueillies en amont, sur le quai Saint-Clair, et montées par des machines à l'intérieur des réservoirs, puis filtrées dans des bassins de décantation. Pourtant, malgré ces belles promesses, la typhoïde, le choléra, la tuberculose et la diphtérie sévissaient encore.

La circulation centrale restait, en cette année 1920, compromise par les chantiers perpétuels – les machines à vapeur et les pompes à piston étaient remplacées par des groupes-moteurs électriques et des pompes centrifuges.

Kolvair contourna la place Bellecour en travaux, puis longea le Rhône.

Si Salacan préférait la nouvelle morgue, plus moderne et mieux équipée que l'ancienne plate, Kolvair, lui, regrettait la vieille barge. Sous des apparences bourrues, le commissaire était un sentimental. Il avait du mal à se séparer de ses souvenirs, or, plus que sa mère, la précédente morgue l'avait vu grandir. Enfant, il aimait traîner avec ses copains sur les quais propices à mille aventures et la morgue faisait partie du décor de leurs fantasmes. Les cadavres et leurs fantômes nourrissaient leur imagination fertile. Sur les quais, il y avait toujours du monde et, sauf la nuit, on ne craignait pas d'y faire de mauvaises rencontres. Du matin au soir, successivement ou ensemble, les femmes faisaient la lessive en papotant, les hommes devisaient autour d'un pot lyonnais et d'un saucisson, le crieur de journaux récitait son chapelet d'informations, les chevaux de la police aimaient s'y dégourdir les pattes, les filles chantaient, l'ambiance était joyeuse, la vie prenait ses droits. Même durant la guerre, le quai du Rhône avait su garder son atmosphère mélangée. C'était en jouant, avec Pierre Rocher et leurs camarades, aux gendarmes et aux voleurs près de la morgue que Kolvair, adolescent, avait compris qu'il serait flic.

La nouvelle morgue, bordée de larges rues qui la réduisaient à elle-même, ne l'inspirait guère. Le bâtiment faisait penser à un entrepôt vide et il n'y avait alentour pas âme qui vive. Le commissaire n'était pas le seul de ses contemporains à penser que la mode haussmannienne n'avait pas que du bon : ouvertes à la lumière, ces avenues laissaient passer trop de soleil et n'incitaient pas à la flânerie. S'il se sentait si bien, presque chez lui, en Italie, particulièrement à Rome et Naples, où aucun baron n'avait jamais imposé sa vision, c'était parce qu'il préférait les ruelles ombragées, un abri naturel au soleil.

Damien Badou, le médecin légiste, faisait les cent pas devant le bâtiment de la morgue. Il était grand et sec, avec des cheveux ras. La cinquantaine distinguée, une main dans la poche de sa blouse blanche maculée d'éclaboussures de sang, la chaleur ne semblait pas l'atteindre. Kolvair, quant à lui, était en nage mais, loin de le rebuter, cette sensation de feu lui plaisait, comme si le monde, à défaut d'être au bord du gouffre, frôlait l'explosion.

Badou porta à sa bouche son élégant fume-cigarette en ivoire. Un cadeau de sa vieille mère, veuve, avec qui il vivait toujours. Lorsqu'il aperçut le professeur Salacan et le commissaire Kolvair, il les héla, sans aller à leur rencontre. Kolvair en profita pour se concentrer : il s'agissait d'identifier la victime du pré aux Moines. Il espérait que Badou allait les éclairer.

— Alors, docteur, du solide ? s'informa Salacan, tandis qu'ils se serraient la main.

Badou hocha la tête, la mine catastrophée.

— Je n'ai jamais vu une chose pareille...

Préoccupé, il partit vers l'entrée du bâtiment. Avançant côte à côte, les trois hommes restaient silencieux. Dans le couloir, le médecin légiste accéléra le pas jusqu'à la salle d'autopsie, talonné par Salacan. Kolvair, entré le dernier, imbiba tout aussitôt son mouchoir d'extrait de lavande et le fourra sous ses narines. Décidément, il ne supportait pas l'odeur, qui semblait laisser indifférents Salacan et Badou. Le cadavre n'avait pas meilleure mine qu'au matin, il semblait pourtant moins gonflé. Badou désigna le larynx de la victime.

— Voilà ce que je voulais vous montrer, expliqua-t-il en saisissant avec une petite pince en métal un long fil blanc déposé sur une plaque en verre.

Kolvair se pencha, Salacan sortit une loupe de sa mallette pour mieux examiner le fil.

— Où avez-vous trouvé ça, docteur ?

— Dans la gorge de la victime, répondit Damien Badou.

Il mordilla l'ivoire de son fume-cigarette, puis enchaîna :

— Le plus terrible est qu'on lui a découpé le larynx pour le lui administrer.

Malgré la chaleur, le commissaire frissonna.

— Elle a été torturée, n'est-ce pas ?

Badou ne trouva pas le temps de répondre car Salacan, les yeux toujours rivés sur sa loupe, ne put contenir son excitation :

— Excellent, docteur, je prends. L'analyse de la fibre nous permettra sans doute d'établir sa provenance.

Badou opina en souriant largement.

— Je savais bien que ça vous intéresserait.

Il plaça sa trouvaille dans une petite boîte qu'il tendit au professeur Salacan. Puis, il se tourna vers le commissaire et son visage s'assombrit de nouveau.

— Encore autre chose... Juste avant de mourir, elle a subi de sévères agressions anales.

Kolvair écarquilla les yeux et se tendit.

— Un viol ?

— Je ne sais pas comment appeler ça, c'est… c'est tellement bizarre…

Salacan prit part à la conversation :

— Qu'est-ce qui vous tracasse tant ?

Le légiste toussota.

— Eh bien, il faudrait trouver avec quoi, expliqua-t-il. L'anus est trop déchiré pour que ce soit un sexe d'homme qui ait fait ce massacre.

Malgré la monstruosité des propos, le ton du légiste était resté neutre.

Salacan et Kolvair échangèrent un regard chargé d'inquiétude. Jusqu'à présent et en principe, femmes jeunes et éphèbes étaient les cibles courantes des violeurs. Que signifiait cette exception ? Quel homme pouvait être tordu au point de violer ainsi une dame âgée ? Ça dépassait l'entendement du commissaire.

— J'espère que Badou se trompe… grommela-t-il, tandis qu'ils repartaient, laissant le légiste à ses travaux.

Jusqu'à la voiture, Salacan ne parla pas. Inévitablement, les deux hommes pensaient à leurs mères, qui devaient avoir l'âge de la victime, ou l'auraient bientôt. La vieillesse imposait le respect et possédait l'avantage de ne plus être esclave du désir. C'était en tout cas ce dont le professeur Salacan était convaincu. Kolvair, plus circonspect, avait appris à se méfier des légendes.

— C'est pour votre fille, professeur.

Hugo Salacan se doutait naturellement, lorsque quelqu'un évoquait sa fille alors qu'il en avait trois, que son interlocuteur, sans la nommer, parlait de Suzanne. Certains n'osaient pas prononcer son prénom, un si joli prénom, lui ne se lassait pas de le répéter.

L'élève qui lui faisait face lui tendit un chaton. Le professeur considéra l'animal avec tendresse et remercia le jeune garçon affable. Il s'appelait Paul Mounier, était un excellent élément originaire d'un département voisin et titulaire d'une bourse car fils d'agriculteurs.

Il congédia mine de rien son élève, le saluant cordialement.

— Suzanne va être comblée, merci mille fois, conclut-il en considérant l'adorable chaton.

Salacan versa un peu de lait dans une écuelle improvisée, le chaton le but d'une seule traite puis, rassasié, se pelotonna dans la poche de la veste du professeur. Il hésita, mais puisqu'il ne rentrerait pas chez lui avant une heure tardive il décida d'emporter avec lui l'animal.

— Et... en quoi ce fil de soie nous avance-t-il ?

Le procureur Pierre Rocher, confortablement assis dans un large fauteuil en bois laqué, feuilletait un ouvrage de phrénologie. Cette science des crânes était la seule que Rocher comprenait. Elle lui semblait limpide et clairvoyante.

Il n'avait jamais nié son intérêt pour la thèse du criminel-né et contenait mal son énervement. Deux mortes sur les bras, les courses du Grand-Camp qu'il allait vraisemblablement devoir sacrifier, la presse à sensation qui n'allait pas tarder à inquiéter les Lyonnais : seule la présence du professeur l'impressionnait et l'obligeait à se maîtriser. En tête à tête avec le commissaire, le procureur se serait lâché, mais il s'agissait de se montrer affable car Salacan, contrairement à Kolvair, côtoyait le beau monde. Le jeune physiologiste, Jacques Durieux, se racla la gorge.

— Il a la particularité de n'être pas encore propre. C'est un fil de cocon, précisa-t-il. On n'en trouve pas partout.

— Pour ainsi dire nulle part, précisa Salacan, qui triturait sa moustache, ce qui avait le don d'exaspérer Rocher.

Le procureur se tourna vers le commissaire Kolvair.

— Tes conclusions ?

Kolvair bouillait, il rongeait son frein pour ne pas faire d'esclandre. Le procureur avait confié le dossier du pré aux Moines au juge Colbert. Cette ancienne vedette médiatique et tire-au-flanc qui vivait sur ses lauriers n'avait même pas pris la peine de se joindre à cette première réunion. Lorsqu'il le croisait, le commissaire se retenait pour ne pas le traiter de sombre incompétent. L'absence du juge d'instruction, bientôt à la retraite et protégé en haut lieu, confirmait en tout cas son désintérêt total.

Kolvair ne parvenait pas à détacher ses yeux des nombreux tableaux étalés sur le mur, derrière le bureau de Rocher. Il y avait les incontournables photographies sur lesquelles il prenait la pose aux côtés de personnalités politiques – Kolvair reconnut Philippe Pétain et Edouard Herriot sur l'une d'elles – mais aussi plusieurs peintures sombres et démesurées représentant des scènes de chasse. Kolvair était atterré par un tel étalage de mauvais goût. Il se fit la remarque que plus il vieillissait, plus il s'intéressait non pas à ce que les gens montraient mais à ce qu'ils cachaient.

— Celui qui a fait ça a accès aux ateliers de soierie...

Il n'eut pas le temps de développer, on frappa trois coups secs à la porte.

— Trouvez-moi qui c'est.

Rocher avait dit ces mots en se levant d'un bond, apparemment excédé par le dérangement.

La porte s'ouvrit sur Solange Dumain, droite et souriante.

— Quoi, encore ? demanda Rocher.

L'assistante élargit un peu plus son ravissant sourire.

— Damien Badou, le légiste... Il demande à vous parler de toute urgence, c'est au sujet du cadavre découvert à la Croix-Rousse...

La mine du commissaire s'assombrit : une des rares indications relevées lors de sa visite au service des personnes disparues faisait allusion à la Croix-Rousse, il en était certain, il l'avait même noté. Kolvair ne croyait pas aux coïncidences, pourtant il s'abstint de tout commentaire, il se méfiait des conclusions hâtives.

— Je vous l'ai dit, je ne veux pas être dérangé, je suis en réunion sur l'affaire du pré aux Moines ! lui lança Rocher.

— Justement, c'est pour cela qu'il insiste...

Le procureur daigna enfin regarder Solange, toujours souriante. Il se radoucit.

— Passez-le-moi immédiatement, mon petit, vous serez gentille.

Solange Dumain fit demi-tour pour lui apporter le téléphone. Kolvair ne se gêna pas pour, en toute discrétion, jeter un œil aux mollets joliment musclés de la demoiselle. La jeune femme avait bien du mérite de supporter les humeurs du procureur. Le téléphone sur le bureau du procureur retentit, Rocher décrocha immédiatement le lourd combiné.

— Oui, bonjour, Badou ! Alors, qu'est-ce qui se passe ?

— J'ai commencé l'autopsie de Madeleine Ronsard, la victime de la Croix-Rousse.

Impatient, le procureur se mordit la lèvre, contenant un soupir.

— Les résultats sont identiques à ceux du cadavre du pré aux Moines.

Comme s'il avait reçu un coup de poing dans l'estomac, le procureur se laissa tomber dans son fauteuil.

— Comment ça, « identiques » ?

— La dame a plus de soixante-dix ans et a subi juste avant de mourir des agressions anales.

La neutralité du ton de Badou n'empêcha pas le procureur de blêmir, d'autant que le légiste précisait :

— Du coup, j'ai vérifié le larynx, et j'en ai sorti le même bout de fil que sur votre première victime du pré aux Moines.

Rocher raccrocha.

Retrouvant une contenance, il fixa Jacques Durieux.

— Vous êtes passé, ce matin, à la Croix-Rousse ?

Durieux n'y comprenait rien, pourquoi le procureur lui posait-il cette question alors qu'il en connaissait la réponse ? Oui, il avait bien rejoint à la Croix-Rousse l'inspecteur Legone, qui l'avait mandé sur les lieux. Il avait dû procéder à de nombreux prélèvements et photographier le lieu du crime, Rocher était bien placé pour le savoir puisqu'il était lui aussi présent.

Durieux revit, l'espace d'un éclair, le cadavre de la vieille femme inerte. Elle était emberlificotée dans un métier à tisser, telle une proie prisonnière d'une toile d'araignée. Il n'avait pas assisté à la découverte du cadavre du pré aux Moines et n'avait donc pu faire le rapprochement. Il opina, le regard interrogatif.

— Où en sont vos analyses ? enchaîna le procureur.

— Nulle part pour l'instant, nous étions en priorité sur l'affaire du pré aux Moines, je n'ai pas commencé.

Rocher, à peine rentré de la scène de crime du pré aux Moines, n'avait pas eu le temps de souffler : un deuxième cadavre avait été découvert sur les pentes de la Croix-Rousse. La victime s'appelait Madeleine Ronsard, une vieille ouvrière soyeuse. Son élégance avait été salement amochée par la mort, mais le procureur n'avait tout d'abord pas vu de lien entre les deux affaires. Pourtant, maintenant qu'il y repensait, il devait bien reconnaître que si les décors différaient – une malle pour le premier, un métier à tisser pour le second – chacun des cadavres avait été soigneusement ligoté dans du fil. Il se garda de l'exprimer, Salacan et Kolvair s'en rendraient compte tout seuls.

Il allait falloir jouer serré avec l'inspecteur Legone, des Brigades du Tigre. Il lui avait confié cette seconde enquête et ce dernier lui avait assuré qu'il coincerait le coupable sous huitaine. Depuis plusieurs années, Legone espérait une promotion. Rocher lui avait promis son soutien mais ne parvenait pas à convaincre ses supérieurs. Cette fois, il ne pouvait plus reculer, Legone lui avait rendu un service discret, le procureur lui était redevable. Le jeune flic ambitieux méritait son heure de gloire : Rocher devait faire son possible pour que Kolvair ne récoltât pas seul tous les honneurs une nouvelle fois.

— Eh bien, dépêchez-vous de vous y mettre. Apparemment, les deux affaires sont liées. Badou vient de trouver un autre fil dans la gorge de madame Ronsard.

Kolvair, stupéfait, écrasa la cigarette qu'il venait d'allumer. Salacan réagit immédiatement :

— Il nous le faut, je dois procéder à des analyses poussées !

Le procureur s'enfonça dans son fauteuil.

— Voyez tout ça avec l'inspecteur Legone, c'est son enquête.

— Mais tu viens de dire que ces deux affaires pourraient bien être liées... intervint Kolvair.

— J'ai dit « apparemment », Victor...

Kolvair, mal à l'aise quand Rocher l'appelait par son prénom – avec Rocher, rien n'était innocent –, alluma nerveusement une autre cigarette. Rocher lui sourit mécaniquement.

— J'ai juste besoin de preuves... Je ne doute pas que les méthodes scientifiques de ton groupe me les apportent...

Salacan, qui ne fumait pas mais appréciait l'odeur âcre du tabac, surtout celle qui se dégageait au milieu de la tige, se renfrogna.

— Nous comprenons, monsieur le procureur, assura-t-il poliment en frottant sa manche, comme pour enlever une poussière invisible.

Evitant le regard du professeur Salacan, Rocher, pour signifier la fin de la réunion, tendit la main à Jacques Durieux, qui ne la prit pas. Pour dissiper le malaise, Salacan serra la main du procureur, lui jetant un sourire sec. Il fallait absolument identifier le premier cadavre et trouver le rapport entre la victime de la Croix-Rousse et celle du pré aux Moines.

Apporter les preuves scientifiques exigées ne le tracassait pas, il avait toute confiance en son équipe, mais il regardait les choses en face : il y avait de quoi être inquiet, le décès de la première victime découverte ce matin datait de plusieurs jours ; madame Ronsard, quant à elle, n'était morte que depuis quelques heures. Entre-temps, peut-être que d'autres cadavres avaient été cachés, peut-être que d'autres corps allaient réapparaître, peut-être dès demain... Si un tueur de vieilles dames sévissait à la Croix-Rousse, la panique risquait de gagner la colline, toujours prompte à s'enflammer. Encore moins négligeable : Durieux et lui seraient vite dépassés.

Kolvair, qui avait reçu de plein fouet la confirmation de son mauvais pressentiment, ne prononça pas un mot et sortit en secouant la tête, la mine défaite. Ce n'était pas ce soir qu'il aurait le temps de déguster les quenelles servies chez Blandine : cette pensée l'acheva.

— Passez-moi le réactif de Selleger, je vous prie.

Jacques Durieux obtempéra : il posa devant Salacan un petit flacon.

Kolvair ne quittait pas des yeux le bac dans lequel un morceau d'étiquette moirée nageait, tel un nénuphar à la dérive. Salacan versa quatre gouttes du liquide transparent sur le papier, le seul que Durieux soit parvenu à recomposer parmi les restes de la malle.

L'opération exigeait de la méticulosité, c'était sans doute pour cette raison que les trois hommes demeuraient silencieux. Kolvair connaissait le principe du réactif employé par le professeur, les résultats étaient immédiats, ou n'étaient pas.

N'y tenant plus, il se pencha entre les scientifiques pour vérifier si le révélateur agissait : çà et là, une oblique, une courbe ou une tranche de lettre remontaient à la surface. Salacan et Durieux restèrent de marbre, le doute était leur credo, ils ne croyaient jamais en rien et Kolvair, à sa façon, leur ressemblait. Soudain, il se pencha davantage : sans le lire en entier, on comprenait un mot : *London*. Puis, sur la ligne en dessous, deux autres lettres apparurent, indiquant une partie du nom du malletier : *IDER*. Durieux s'acharna à terminer d'appliquer le révélateur sur le bout d'étiquette, mais Kolvair et Salacan, sans se consulter, avaient deviné le mot. EIDER.

Ce malletier londonien était réputé pour la robustesse et la qualité du matériel qu'il fabriquait. Il fournissait, depuis le dix-neuvième siècle, les soyeux de Lyon établis sur la Croix-Rousse.

Avant d'atterrir dans le paisible ruisseau qui sillonnait le pré aux Moines, la malle venue de chez Eider avait forcément transité par la colline lyonnaise.

— La voilà, sa preuve…

Il s'agissait maintenant de déterminer si elle appartenait à la victime ou à son agresseur. A qui le malletier l'avait-il destinée ? Contre toute attente – l'heure était plus que tardive – on frappa à la porte deux petits coups. Le trio échangea des regards interrogateurs. Kolvair indiqua à Durieux d'un signe de tête de cacher l'étiquette de la malle. Quel que soit le visiteur, il fallait se montrer prudent et veiller à ne rien divulguer, la maison était pleine d'opportunistes prêts à vendre à la presse la moindre information. Un troisième coup, plus fort, retentit.

— Oui ? invita Kolvair d'un ton ferme en s'appuyant sur sa canne.

La porte s'ouvrit sur un homme qui avait eu le visage défiguré par un éclat d'obus. La peau était rongée, le nez une crevasse, le front dévasté, le crâne dépourvu de cheveux. D'après ses traits on ne pouvait plus lui donner un âge précis, mais son allure trahissait la trentaine.

L'inspecteur Legone, des Brigades du Tigre.

Malgré sa gueule cassée – les lèvres et les yeux n'avaient pas non plus été épargnés –, il restait bien mis. Costard impeccable, rasé de près, il portait, quelle que fut la saison, des mitaines en cuir. Elles cachaient ses mains brûlées et mettaient en valeur ses larges phalanges et ses ongles noirs. Legone, en plus du reste, avait connu les premiers gaz. La propagande demandait d'être indulgent avec ces soldats vaillants que l'absurdité guerrière avait défigurés, Kolvair l'était donc avec Legone, mais parfois un malaise l'envahissait.

Durieux et Salacan connaissaient bien le bonhomme et sa mine terrifiante, ils n'eurent aucun mouvement de recul.

Legone salua le squelette posté à l'entrée du laboratoire en tapant chaleureusement l'épaule osseuse, Kolvair se dit que c'était pour donner le change. Effectivement, ce décor scientifique était totalement inhospitalier pour l'inspecteur : les seringues le rebutaient, la science l'effrayait. Elle lui avait sauvé la vie, mais à quoi bon ? se demandait-il parfois.

— Le procureur m'a fait savoir que vous me cherchiez...

Legone plongea sa main dans la poche de son gilet, d'un subtil bleu pétrole et taillé sur mesure, d'où il sortit un bâtonnet de bois avec lequel il se mit à se curer les ongles.

— Absolument ! Dans le dossier Ronsard, on a besoin des échantillons que j'ai prélevés, ce matin, dans l'atelier de soierie, débita Jacques Durieux.

Legone fixa l'ongle de son pouce sans prendre la peine de répondre.

— Celui de monsieur Lebreuil, précisa Kolvair.

Le commissaire prit sur lui pour ne pas regarder les mains de Legone. Seuls les ongles n'avaient pas brûlé, le gaz les avait, au contraire, étonnamment fortifiés et cela fascinait Kolvair.

— Vous les avez toujours ? coupa le professeur Salacan.

— Quels échantillons ? s'étonna Legone, qui cessa son curage impudique et dévisagea le jeune génie scientifique.

Salacan resta impassible, Kolvair s'adossa au mur en grimaçant ; jamais Legonc ne leur remettrait ces échantillons, il n'en avait absolument pas l'utilité mais, pour des raisons qui n'appartenaient qu'à lui, il ne partagerait avec eux aucun indice. Peut-être pas la guerre des polices, en tout cas une bataille, se dit le commissaire.

Avant 1907, la police se trouvait organisée en cantons, il n'y avait aucune unité nationale. Elle souffrait d'un cruel manque de préparation et d'équipements : entre autres exemples saisissants, elle ne possédait que des voitures à chevaux pour poursuivre les apaches opérant en voiture à moteur. Forcément, elle était devenue la risée de tous.

Georges Clemenceau, « le Tigre », alors ministre de l'Intérieur, décida qu'il fallait mieux la doter. Il obtint des députés la création du ministère de la Police puis recruta cinq cents policiers.

Il s'agissait d'une police mobile et secrète, la première au monde à mettre en pratique contre le crime toutes les ressources de la science moderne.

Ainsi, outre leur bonne condition physique, « les hommes du Tigre », comme ils furent immédiatement surnommés, bénéficièrent des dernières méthodes d'investigations techniques et de la modernisation du fichage des criminels (fiches anthropométriques avec empreintes digitales) issues des travaux d'Alphonse Bertillon.

Ces Brigades régionales de police mobile (BRPM) disposèrent de tous les moyens modernes – télégraphes, téléphones et, dès 1910, quelques automobiles – pour atteindre leurs objectifs. Surtout, elles bénéficièrent d'une organisation novatrice : quinze à vingt inspecteurs effectuaient leur travail vingt-quatre heures sur vingt-quatre en se relayant par groupes de cinq. Ainsi, leur activité continue optimisait l'efficacité de leurs missions et maintenait une pression constante sur le banditisme.

Avec ses BRPM, Clemenceau, visionnaire, posa les premiers jalons des coopérations internationales et des Renseignements généraux.

Cependant, si les Brigades du Tigre excellaient dans le démantèlement du grand banditisme, elles n'étaient pas à la pointe de la science, en tout cas pas celle que requéraient des enquêtes difficiles – meurtres, viols –, et aujourd'hui l'unité scientifique de Victor Kolvair était leur parfait complément. Ce qui n'empêchait pas les arrogantes Brigades de s'estimer supérieures.

Ces vicissitudes exaspéraient le commissaire. Il ne niait pas leur efficacité, il y avait fait ses classes, mais leurs méthodes, au départ si innovantes, tombaient en désuétude. Leur absence de remise en question horripilait Kolvair. Il était évident que la constitution du laboratoire scientifique dérangeait leurs habitudes et si Legone, avant 1914, avait été son équipier, ce temps semblait chaque jour un peu plus révolu.

— Vous savez bien, les deux cheveux, et aussi les fils de soie dans lesquels elle était enroulée ! s'impatienta Durieux.

Legone prit le temps de faire craquer sa nuque en souriant. Cette nouvelle unité scientifique les amusait, lui et ses collègues, ils ne s'en cachaient pas et tenaient l'équipe de Kolvair et de Salacan pour une bande d'originaux, voire d'intellectuels illuminés.

— Dites-moi, jeune homme, rétorqua donc l'inspecteur, vous êtes au service des enquêtes, que je sache, ce ne sont pas elles qui sont au vôtre.

Il essuya sans se presser son bâtonnet de bois avec un mouchoir brodé à ses initiales. Kolvair échangea un regard furtif avec Durieux. Il encaissait en silence, ce qui ne voulait pas dire qu'il confirmait. Salacan, quant à lui, estimait Legone, ses hommes et leur considérable travail d'équipe.

— J'en ai besoin, et mes gars aussi, pour coincer le salaud qui a fait ça à cette pauvre femme, précisa l'inspecteur.

Kolvair observait celui qui avait jadis été son ami. Ce dernier se servit un doigt d'arquebuse – cette liqueur typiquement lyonnaise – dans le bouchon de la bouteille. Etrange, avant 14, Legone détestait cet alcool et n'en buvait jamais, lui préférant immuablement un cognac ambré. Le commissaire tiqua mais n'en montra rien.

— Parce qu'il était emberlificoté, votre cadavre ?

Il arrivait souvent à Kolvair de réagir de manière décalée et cela pouvait surprendre ou prendre de court.

— Il était rien du tout ! s'exclama l'inspecteur en vérifiant l'heure.

— Pas même un peu ?

— De toute façon, on sait qui a fait le coup !

— Alors, la vie est belle... ironisa Kolvair.

Legone, qui commençait à s'impatienter, coinça entre ses dents le bâtonnet de curage puis quitta les lieux.

— Saletés de guerres, qui vous révèlent les hommes, pesta Kolvair.

Le commissaire, ce n'était pas très chrétien – peu lui importait, il était athée –, ne pouvait s'empêcher de se réjouir de l'existence de Legone et d'autres types dans son genre. Ils lui avaient permis de relativiser rapidement son amputation. Même si cela n'avait pas duré longtemps.

Kolvair mesurait combien ses jours avaient été bouleversés. Quant à ses nuits, n'en parlons pas.

Aussitôt, Salacan se tourna vers Durieux.

— Comment était-il, le cadavre de Madeleine Ronsard, quand vous êtes arrivé sur les lieux, à la Croix-Rousse ?

Durieux réfléchit un court instant.

— Comme si le meurtrier avait voulu le tisser...

Kolvair l'écoutait, mais Salacan n'était jamais sûr de rien avec le policier.

— Vous avez entendu, commissaire ?

— Je pense à ce que vous pensez, Salacan, sans aucun doute, admit-il.

Puis il se tourna vers Durieux.

— Pourquoi ne nous l'avez-vous pas précisé avant ?

— Parce que vous ne me l'avez pas demandé, commissaire ! Je ne pouvais pas me douter de ce que vous aviez vu au pré aux Moines, vous ne me l'avez pas précisé non plus !

Durieux était effronté. Kolvair sourit, ça lui plaisait. Il appréciait la spontanéité, lui qui l'avait perdue.

— Concentrons-nous sur ce que nous avons, faites toutes les analyses que vous pourrez, conclut-il avant de leur souhaiter une bonne nuit.

Lui n'avait absolument pas envie de dormir.

Le commissaire referma la porte de son bureau, pourvu d'un généreux bazar, derrière lui. La pièce, sans être spacieuse, était suffisamment vaste pour contenir une large table qui faisait face à la fenêtre, une banquette et plusieurs étagères où divers ouvrages s'empilaient. Il déboutonna sa chemise en s'enfonçant dans son fauteuil, se servit un grand verre d'eau puis il desserra sa prothèse de cuir et de bois. Son moignon le démangeait, mais il résista et ne le gratta pas, pensant aux infections qui menaçaient de gangrener son corps entier s'il n'y prenait garde. Il se souvint que, les premiers jours qui avaient suivi son amputation, il avait eu envie de gratter sa jambe et son pied, pourtant coupés. Le médecin l'avait rassuré. C'était une réaction normale, le corps avait une mémoire.

Malgré l'heure nocturne, Lyon savait être une fournaise. Kolvair avala plusieurs gorgées d'eau fraîche. Malicieux, le commissaire utilisait le creux à l'intérieur de sa prothèse pour y dissimuler sa cocaïne.

L'idée de cette cachette, sûre et ingénieuse, lui était venue lors d'une enquête.

Il se roula une cigarette, mêlant la poudre blanche au tabac. Si elle n'apaisait nullement ses angoisses, cette alliance avait le mérite de les mettre à profit pour avancer dans ses raisonnements.

Il ne parvenait pas à penser à autre chose qu'à ces deux cadavres. C'était la première fois qu'il avait affaire, dans sa carrière pourtant glorieuse et fournie, à un tel casse-tête. Bien sûr, lors des conférences internationales dans lesquelles il intervenait régulièrement, il avait entendu certains confrères relater des crimes multiples effectués par un unique meurtrier.

Kolvair se sentait l'esprit vif et les pensées vagabondes, état cotonneux qu'il affectionnait. La fraîcheur de la nuit pénétrait doucement dans la pièce.

Confortablement installé sur sa banquette, il ouvrit finalement l'édition originale du *Poète assassiné*, que Guillaume Apollinaire avait eu la bonté de lui dédicacer d'un fraternel calligramme. Kolvair le connaissait car Guillaume, adolescent, avait, au gré des vagabondages de sa mère, passé quelques mois à Lyon avant de gagner Paris. Cette amitié était l'une de ses fiertés.

Alors que dehors le brouillard nocturne se dissipait sans hâte, la drogue le rendait de plus en plus alerte. Il lui parut d'un seul coup évident qu'une visite de l'atelier de la Croix-Rousse s'imposait.

Il changea de position en soupirant de satisfaction mais resta allongé, scrutant l'obscurité. Finalement, il s'assoupit, oubliant presque, mais pas tout à fait, qu'il avait vu le matin même le corps putréfié d'une vieille femme vraisemblablement victime d'un viol odieux.

Au milieu du dix-neuvième siècle, la rive gauche du Rhône, enfin dompté dans la traversée de Lyon par la construction de quais formant digues, offrit un gisement de terrains bon marché, indispensables à l'extension de la ville.

Président du conseil municipal, Antoine Gailleton, militant laïc anticlérical, lança un important programme de construction d'écoles primaires, de lycées et d'universités – jusqu'alors, celles-ci étaient dispersées dans divers locaux de la ville – et l'argument économique emporta la décision lors du choix du futur « site universitaire », objet de vifs débats, tant le quartier apparaissait à l'époque peu hospitalier.

Dans ce domaine de l'enseignement, resté pendant longtemps aux mains des congrégations religieuses, Gailleton ambitionna d'affirmer la puissance d'un Etat laïc. Pour cela, l'architecte en chef Abraham Hirsch reçut l'ordre de la décliner dans des œuvres imposantes. Il obtempéra, insufflant ses goûts. Entre 1876 et 1886, en aval de la Guillotière, il édifia la faculté de médecine et de sciences, choisissant un sobre ordonnancement classique ainsi que la symétrie des façades rehaussées de dômes. Autour de la vaste bibliothèque, quatre quadrilatères symétriques aménagés chacun autour d'une cour bordée de galeries formèrent un tout qui s'étira le long du quai Claude-Bernard. La faculté de droit et de lettres, édifiée de 1890 à 1898 par le même architecte, prolongea au nord la perspective dans une élégante unité de style et de matériaux. Ce chantier d'envergure bouleversa la physionomie du quartier : implantation d'immeubles bourgeois, équipements des plus modernes, tout concourut à encourager l'arrivée de nouveaux habitants. La large rue de l'Université, aménagée entre les deux ensembles de bâtiments, fut prolongée par un nouveau pont sur le Rhône, le pont de l'Université. Avec ses piles en pierre, ses arches métalliques et sa discrète ornementation, il permit de rejoindre la presqu'île, désenclavant définitivement ce quartier désormais incontournable.

C'est là que le professeur Hugo Salacan et sa famille emménagèrent, dès 1912.

Dévouée à son mari, Justine Salacan était une femme de lettres et d'arts à qui Lyon devait beaucoup, elle tenait salon une fois par semaine, animant lectures et ateliers de peinture.

Hugo admirait sa distinction ravageuse, son sens inouï du contact – elle n'hésitait pas à partager ses connaissances ou à conseiller certains collectionneurs –, sa générosité intellectuelle et active. Aujourd'hui âgée de trente-six ans, Justine avait, comme Hugo, grandi à Lyon, au milieu de l'amour de ses parents et de leurs amis, lesquels constituaient un fameux carnet d'adresses dont elle avait entretenu puis développé le contenu.

Si Salacan trouvait la plupart des femmes oisives et inconséquentes, Justine lui inspirait du respect.

Avant d'être fiancés, ils avaient été de lointains cousins. Ils se connaissaient depuis toujours ; leur rencontre amoureuse s'était produite en 1899, dans le jardin de la propriété familiale des grands-parents de la belle. Hugo était âgé de dix-sept ans, Justine de quinze. D'abord platonique, leur relation avait perduré, pour s'officialiser en mariage cinq ans plus tard. Justine avait eu de nombreux prétendants, mais Salacan possédait une qualité rare, celle d'être tenace et confiant. Le temps, lorsqu'on savait le caresser, était un allié. Il aimait tendrement cette femme à qui la fatigue, celle qu'engendrait l'énergie déployée à vivre, allait si bien. Leur amour, au contraire des pastels mal fixés d'une aquarelle qui s'estompaient au fil des ans, croissait.

C'était elle qui s'était occupée de trouver un appartement à proximité des lieux stratégiques de son époux, lui facilitant les trajets. Il allait et venait entre chez lui, la faculté de sciences, le laboratoire scientifique de la police et son éditeur. Comme nombre de ses pairs, Salacan publiait bien sûr ses recherches. Mais pas uniquement.

Il connaissait par cœur chaque enquête de Sherlock Holmes, les mots de Doyle possédaient un fluide. Salacan, contrairement à son confrère écossais, n'avait aucun penchant pour les sciences occultes, il le regrettait, il aurait aimé connaître les vicissitudes et les égarements de ses contemporains, lui dont la vie était une accumulation de bonheurs simples, une suite de victoires modestes.

A l'instar de son confrère sir Arthur Conan Doyle, qui inspirait ses raisonnements scientifiques, Salacan écrivait des romans policiers. Il les signait d'un pseudonyme anglican, le profit des ventes lui permettant de subventionner son matériel de recherches : les sommes octroyées par la Ville et l'Etat restaient, malgré les relations de son épouse, bien en deçà des coûts générés par ses travaux de recherche et d'expertise.

Il leva les yeux et remarqua la fenêtre éclairée dans le salon de leur appartement, au troisième étage. Il s'engouffra dans le hall, accélérant imperceptiblement le pas.

Justine et Suzanne, leur benjamine âgée de quatre ans, l'attendaient en lisant. Elles le laissèrent accomplir ses quelques rituels. Lorsque Salacan arrivait chez lui, il enlevait ses souliers, passait ses pantoufles, procédait à des gestes coutumiers qui le rendaient disponible. Les cinq autres enfants étaient couchés, leur précepteur arrivait de bonne heure le matin.

— Elle tenait à te souhaiter une bonne nuit, lui expliqua Justine.

Suzanne passa ses bras autour du cou de son père, elle débordait d'affection. Salacan l'embrassa, ce qui fit rire la petite. Il en rajouta et fit une grimace. Avec élégance – comme le lui apprenait mademoiselle Agnès, son aide quotidienne –, Suzanne posa sa petite main sur sa bouche.

— Tiens, mon enfant, c'est pour toi.

Salacan sortit de sous sa veste le chaton apeuré.

— C'est pour Suzanne ? s'assura l'enfant, sans quitter l'animal des yeux.

Il était emberlificoté dans un fil de soie.

Le professeur eut un mouvement de recul. Il l'avait amené au laboratoire, le chaton avait fait des siennes toute l'après-midi, cassant une pipette et manquant de se brûler. Durieux l'avait utilisé comme cobaye.

La bestiole roula plusieurs fois sur les jambes de Suzanne. Salacan l'aida à s'extirper du fil de soie. Le professeur nota que Durieux était parvenu à reproduire à l'identique le tissage des cadavres de Madeleine Ronsard et de l'inconnue du pré aux Moines. Là où d'autres auraient abandonné, Durieux persévérait.

— Il faut lui trouver un nom !

— Pelote ! Pelote ! s'écria la fillette enjouée.

Quelque chose tracassait le scientifique dans ce tissage, méticuleux et professionnel, quelque chose qui mettait mal à l'aise l'homme qu'il était. Il n'aimait pas ressentir trop de sentiments contradictoires, il les comprenait mal.

Salacan chassa de son esprit ces considérations professionnelles, prit dans ses bras l'enfant, qui ne lâchait plus Pelote, et alla la coucher.

La nuit venue, le quartier de la rue Saint-Jean charriait son lot d'affamés, attirés par les déchets des restaurants. Il n'y a pas plus docile qu'un homme qui a faim, pensait l'inspecteur Legone, qui se sentait en sécurité au milieu de la vermine et, parmi elle, recrutait ses indicateurs. Il n'hésitait pas non plus à les éliminer, lorsqu'ils devenaient gênants ou trop bavards. Personne ne se souciait de la disparition d'un moribond.

— Cinquante, pas plus, grogna l'inspecteur.

Le dadais qui lui faisait face était édenté, il avait les joues creuses, le visage sale et d'une pâleur cadavérique. On le surnommait Jo la Cèpe car il était expert pour repérer les coins à champignons – le fruit de ses cueillettes ne suffisait toutefois pas à assouvir ses besoins en alcool –, mais Legone avait surtout entendu parler de sa fougue sexuelle.

— D'accord, admit finalement l'adolescent en tendant la main.

L'inspecteur Legone ricana.

— Tu me prends pour une quiche ou quoi ? demanda-t-il en s'engouffrant sous un porche. Jamais d'avance.

L'inspecteur, qui se méfiait, fit passer Jo la Cèpe devant afin de le garder à l'œil. Au sixième étage, ils se faufilèrent dans une remise. La pièce faisait une cinquantaine de mètres carrés et abritait tout un bric-à-brac impossible à distinguer dans l'obscurité. Elle révélait, une fois que les yeux s'acclimataient, des cartons pleins d'un fouillis des plus variés et des caisses de toutes les tailles imaginables. Sur chacune d'elles, des bougies fatiguées reposaient. Il y avait aussi des vieilles valises et toute une multitude d'objets accumulés. Une impressionnante caméra trônait au milieu de la remise, une ampoule grillée pendait au-dessus d'un lit. Les fenêtres avaient été obstruées avec soin, des tentures rouges et noires accrochées aux murs rapetissaient l'espace. L'adolescent hésita à avancer, Legone le poussa.

— Fais pas ton timide... glissa-t-il en verrouillant la porte.

Jo la Cèpe resta planté devant la seule chaise pendant que Legone allumait une vingtaine de bougies.

Ensuite, l'inspecteur tendit un masque d'Arlequin au jeune homme, qui l'enfila d'une main tremblotante.

Il se déshabilla ; à peine avait-il terminé qu'une ombre féminine sortit de derrière un paravent. Son visage était caché sous un masque de papillon en plumes argentées, mais son corps, en partie dénudé, trahissait sa jeunesse.

La lumière des flammes adoucissait le décor, Legone copiait cette technique utilisée en peinture pour réaliser des films érotiques aux tons clairs-obscurs. La complicité d'un des assistants des frères Lumière permettant à l'inspecteur de les développer à moindre coût, ce petit trafic s'avérait lucratif.

Legone avait en outre la géniale idée de filmer des hommes et des femmes – des garçons et des filles, pour être plus exact – toujours masqués. Cette singularité permettait à n'importe qui de s'identifier, même les soldats défigurés par la guerre y trouvaient leur compte.

Legone actionna la caméra et ordonna aux deux acteurs amateurs de s'allonger sur le lit. Jo la Cèpe se détendit, la jeune fille se montra peu farouche.

Ce n'est que lorsqu'elle se releva que l'inspecteur remarqua, sur sa main, une tache brune en forme de croissant de lune. Une tache brune identique à celle que cachait sous un gant le procureur Pierre Rocher.

La femme sursauta. Un bruit de vitre brisée venait de la réveiller, elle ne savait pas si elle l'avait rêvé, mais le silence qui régnait la tranquillisa, lui confirmant qu'elle pouvait se rendormir. Elle chercha à se blottir contre son mari, il était mort depuis une semaine et elle ne s'y était pas encore faite. Une boule de tristesse et d'absence noua sa gorge, ses mains étaient orphelines, personne à caresser ni à épauler. Elle avait soif et se leva mais n'eut pas le temps d'atteindre la cuisine, une ombre surgit devant elle. Elle se laissa faire, lutter ne l'intéressait plus.

L'homme noua autour d'elle une large corde qui la maintint attachée sur le tapis du long couloir, tel un paquet oublié sur un quai. Elle remarqua qu'une cagoule le camouflait et comprit qu'elle avait affaire au Tricoteur.

Ce gentleman cambrioleur réputé pour ses méthodes non violentes ne lui ferait aucun mal, il n'était pas là pour ça, encore moins pour la tuer. Entre Lyon et la Côte d'Azur, il narguait depuis plusieurs mois la police française en plumant ses victimes, qu'il choisissait riches et, détail primordial, veuves depuis peu. Le deuil avait ceci de précieux qu'il rendait vulnérable.

La presse l'avait surnommé le Tricoteur car il bâillonnait ses proies avec une pelote de laine.

28 mars 1895

Elle était blonde et crédule, avec quelques boucles qui s'étiraient comme les journées en juin. Personne ne se lassait de la regarder.

Henriette n'avait que quatre ans, mais sa beauté sautait déjà aux yeux. Les siens étaient bleus et immenses, ce qui, au milieu de sa frimousse, lui donnait un air interloqué. Sa bouche, dont le pourpre tranchait sur la peau laiteuse de son visage, était dessinée à la perfection. Henriette se figurait que les princes charmants existaient, dans ses rêves ils étaient les maîtres, cela la rendait rieuse et gaie, elle ne pouvait pas se douter que la vie ne tenait qu'à un fil. Et puisque ses parents la considéraient comme une princesse, elle aurait eu tort de ne pas croire aux contes de fées.

Il avait fallu du temps pour que Jean Gaidon féconde Garance Gaidon, ça n'avait pas pris tout de suite. La naissance de ce bébé avait fini par devenir inespérée. Cette Henriette était leur trésor.

Bercée dans les chaudes rondeurs de sa mère, la fillette dormait.

Le père, Jean Gaidon, enfoncé dans un fauteuil en rotin à bascule, admirait les deux femmes de sa vie. Garance, son épouse, avait quarante-deux ans, une chevelure flamboyante, un port de tête altier et des grains de toute beauté. Il y avait quelques siècles, certains l'auraient considérée comme une sorcière, heureusement les superstitions, tels des nuages, ne faisaient que passer : en 1895, les rousses n'étaient plus envoyées au bûcher, on avait inventé d'autres têtes de Turc.

Jean tira sur sa pipe, il ne voulait pas montrer à sa femme, sa belle Garance, qu'il était soucieux.

La Fabrique, ainsi qu'on appelait l'industrie de la soie lyonnaise, marchait bien. Les efforts de Napoléon pour la relancer avaient permis à Jean, en digne héritier des Gaidon-Pernon, d'assurer l'essor de l'entreprise familiale. La soie était une tradition chez les Gaidon.

Jean soupira. S'il était inquiet, c'était parce que leur fille était malade.

La petite Henriette se réveilla. L'enfant, fiévreuse depuis plusieurs jours, rejetait le peu qu'elle parvenait, au prix de grands efforts, à avaler. La nourrir devenait parfois un calvaire.

N'ayant même plus la force de pleurer, elle se mit à tousser, vomit puis, éreintée, se rendormit, loin de tout.

Garance berça la fillette en lui embrassant le front, toujours brûlant. Henriette était grippée, mais puisque ni Jean ni Garance n'avaient aucune confiance en la médecine et la science, incapables d'avoir sauvé la mère de Jean, Garance seule soignait leur enfant. Elle saisit dans la bassine posée à ses pieds une éponge douce et épaisse qu'elle égoutta affectueusement au-dessus du visage d'Henriette. Elle déposa encore quelques gouttes rafraîchissantes sur les tempes de l'enfant endormie puis reprit sa broderie. Lorsque la fillette, blottie contre sa mère, sourit dans son sommeil, cela lui fit du bien. Jean Gaidon sortit de sa poche un carnet et un fusain.

En quelques traits, il réalisa avec brio une esquisse de sa femme et de sa fille, telle une Vierge à l'enfant.

Jean avait un coup de main qu'il tenait de son grand-père Honoré Gaidon.

Comme on souffle sur des braises, Jean pensa à ses grands-parents, il était leur unique descendant et prenait son rôle très à cœur. Il se sentait investi d'une mission : léguer à ses enfants – avec Garance, ils souhaitaient avoir très vite un fils – une affaire prospère et solide, comme celle que son grand-père lui avait léguée. Les Gaidon était une petite dynastie, mais une dynastie quand même : depuis trois générations, un seul descendant émergeait de cette longue route qu'est la généalogie. Tel un unique rescapé.

Pour couper court aux rumeurs de malédictions essaimées par son père, Jean s'était mis dans la tête de fonder une famille nombreuse. Son âge et celui de Garance avançant, ceci paraissait peu probable, mais ils espéraient quand même.

Dans sa famille, on ne baissait pas les bras.

Son grand-père – menton court, cheveux fournis et noirs – avait été un canut charismatique, devenu, à force de travail et de talent, un négociant-fabricant connu et respecté pour sa loyauté et son perfectionnisme.

La haute taille et la large carrure d'Honoré Gaidon surprenaient. Non qu'elles fussent démesurées. Au contraire, les proportions, largement équitables, lui donnaient belle allure. Simplement, elles étaient un brin contradictoires avec sa voix, qu'il avait douce et basse.

Né en 1763, Honoré Gaidon avait commencé comme ouvrier, dès l'âge de dix ans, dans l'atelier de son père, alors maître ouvrier (c'est-à-dire qu'il possédait quatre métiers à tisser) de la Fabrique.

A l'époque, les soyeux n'avaient pas encore élu domicile à la Croix-Rousse. Ils s'éparpillaient entre Saint-Georges et Saint-Jean, dont l'architecture à balconnage était typique des cours intérieures des palais florentins. Le Vieux Lyon en avait hérité en 1533, tel un cadeau empoisonné, lorsque Catherine de Médicis et Henri d'Orléans, second fils du roi François Ier, s'étaient mariés à Marseille – le temps des noces ayant duré plusieurs semaines, la cour de la future reine de France, originaire de Florence, avait investi ce quartier central de Lyon, le façonnant à son image.

Les parcelles étaient étroites, pour ne pas perdre de place les architectes rivalisèrent donc d'imagination et de prouesses techniques – Philibert De l'Orme y édifia, en 1536, une galerie suspendue ne reposant dans la cour que sur un pilier de cinquante centimètres de côté.

Littéralement, trabouler signifie « passer à travers » et Jean Gaidon aimait cette image. Il observa son épouse et leur fille. Henriette était assoupie, elle semblait plus calme. Garance continuait ses berceuses. Lorsque tout irait mieux, ils sortiraient souper au Cintra, ce restaurant qui traboulait.

Résultat d'une économie de moyens, la traboule était une habitude lyonnaise de toutes les époques, apparue dans le quartier Saint-Georges dès le quatrième siècle, lorsque les habitants de Lugdunum, manquant d'eau à cause du pillage du plomb des aqueducs romains, s'installèrent dans la ville basse. Des caves, les traboules servirent à rejoindre directement la Saône.

Le fleuve n'ayant alors pas de quais, commerçants et navigateurs y entreposaient directement les marchandises qu'ils déchargeaient. De l'autre côté, les caves ouvraient sur une rue.

A Saint-Georges comme à Saint-Jean, les soyeux utilisèrent les traboules afin d'éviter les rues encombrées et pour faciliter la descente des étoffes jusqu'aux quais de la Saône – départ des exportations commerciales –, un gain de temps inestimable pour cette ville pentue.

Les traboules permettaient aussi aux canuts de préserver de la pluie et du vent leurs tissus, dont certains étaient brodés d'or.

Jean Gaidon, satisfait, jeta un œil aux tapisseries qui ornaient les murs de son salon. Des œuvres d'art, en effet.

La technique de portage pour traverser sans encombre ces passages était archaïque, mais c'était la seule possible.

Elle consistait à charger à dos d'homme des kilos de tissus pliés dans de la toile de jute, à l'aide d'un solide bout enroulé autour de la tête – on récupérait à cet effet des amarres ou des drisses. Pour circuler dans une coulée si étroite, les porteurs ne pouvaient pas être trop grands, d'ailleurs ce labeur arrêtait la croissance de ceux qui l'exerçaient. On choisissait en priorité des adolescents fluets, condamnés à le rester ; leur nuque se musclait, en devenait parfois démesurée, leurs épaules s'élargissaient, mais le poids qui pesait sur leur tête empêchait la colonne vertébrale de s'étirer. Un travail épuisant, qui vieillissait les visages et les corps avant l'âge, mais qui transformait les traboules, lorsque des dizaines de porteurs s'entrecroisaient, en scène chorégraphique.

Henriette eut une puissante quinte de toux. Garance semblait paniquée.

— Elle est brûlante, Jean...

Jean accourut. Elle lui demanda d'apporter au plus vite une bassine d'eau froide. Il s'exécuta.

Dès la nuit tombée, les traboules devenaient un autre théâtre : les patrouilles équestres de la police ne s'y aventurant pas, coupe-jarrets et piqueurs d'once – ces rois du marché noir de la soie, ces maîtres de la contrefaçon – s'y retrouvaient pour régler leurs comptes. Quelques rares matins, on ramassait le cadavre d'un mauvais payeur. En vérité, les traboules, la nuit, restaient surtout le royaume des amours clandestines, des chats de gouttière et des rats.

Henriette était leur fille unique et, même s'il n'en disait rien à Garance pour éviter des inquiétudes inutiles, il craignait qu'elle n'ait attrapé la typhoïde. Ses symptômes ressemblaient à ceux d'une grippe, mais s'aggravaient.

Ensuite, Jacquard mécanisa le métier à tisser.

L'inventeur mit au point une sorte de machine à écrire géante, placée en haut du bistanclaque. Le mécanisme était prometteur pour reproduire automatiquement les dessins et, ainsi, accélérer les cadences de production. Surtout, il était encombrant.

Henriette toussa de nouveau. Ses bronches étaient encombrées. C'était la typhoïde, Jean le sentait. Bien sûr, cette saloperie n'était pas toujours mortelle, mais les soins de Garance seraient-ils suffisants ?

— Des chercheurs d'or, des chercheurs de mort, marmonna-t-il à voix basse en pensant aux docteurs.

Les immeubles de Saint-Jean ne pouvaient plus abriter les nouveaux bistanclaques, mesurant soudain plus de quatre mètres. Il fallut au plus vite trouver une solution. Puisque la bourgeoisie lyonnaise rêvait depuis longtemps de se réapproprier Saint-Jean, si pratique et central, la municipalité aménagea sans ambages les pentes de la Croix-Rousse, construisant des immeubles hauts sous plafond.

Les canuts durent s'expatrier ; quelques-uns l'eurent mauvaise : on les reléguait sur une pente inhospitalière, loin du centre de la ville.

Ils tentèrent bien de résister – grève de la faim, mutinerie –, mais rien n'y fit et ils passèrent de la rive d'un fleuve à l'autre, la haine contre les bourgeois et leurs privilèges dans leurs valises. Aucune transhumance ne se passe sans douleur.

Pour Jean, les combats utiles étaient ceux qui se menaient, autant que ceux qui se gagnaient.

Il en était convaincu et il s'appliquait à mettre en pratique cette philosophie de vie dans les moindres gestes et minutes de ses journées.

Honoré Gaidon gardait un beau souvenir – en tout cas pas un mauvais – de son enfance et de sa vie de jeune adulte, entre Saint-Georges et Saint-Jean, où il avait vu le jour. C'était là qu'il avait appris la soie – l'écouter bruisser, la sentir, repérer les contrefaçons, expérimenter de nouvelles méthodes de séchage afin d'améliorer la qualité du fil –, le dessin – des arabesques, des motifs, des fleurs, des scènes de chasse –, les femmes – leurs odeurs, leurs cambrures, leurs contradictions.

Solide comme un roc, jamais malade, Honoré possédait la chance, peut-être était-ce un don, de se contenter de peu de sommeil. En vrai modeste, il répétait à qui voulait l'entendre qu'il aurait tout le temps de se reposer quand il serait mort. Les jaloux, essentiellement des hommes, le trouvaient agité.

Quant aux femmes, si elles se retournaient discrètement sur son passage et le fixaient lorsqu'elles le croisaient, c'était pour la virilité qui émanait de sa force tranquille.

Honoré inspirait une confiance méritée, dont il profitait sans en abuser, elle lui était naturelle.

Il dessinait au fusain les marins.

Solitaire, il aimait traîner ses guêtres sur les rives du Rhône et se mêler au trafic portuaire – marins en partance, en revenance, en transit. Leurs récits le subjuguaient. Certains lui rapportaient des fleurs exotiques, il les dessinait puis les archivait minutieusement. Méthodique, il passait des heures à corriger ses croquis – pétales, corolles, tiges, feuilles –, reprenant la perspective, les détails, ombre, lumière, point de vue.

Son père, taciturne et froid, se moquait de lui, mais Honoré avait tenu bon.

Plus tard, Honoré avait eu beau tenter de le rassurer – « j'étudierai le jour et tisserai la nuit » –, il n'avait reçu de ce dernier aucun encouragement.

En quelques mois, il avait acquis une technique redoutable et parvenait à dessiner en quelques minutes. Son point de vue, les cadrages et les perspectives de ses dessins innovaient.

Il renonça aux habituels bouquets et choisit d'isoler chaque fleur pour mieux la détailler.

Honoré n'était pas le premier peintre à représenter un modèle en gros plan – relief, volume, espace –, mais il était celui qui avait eu la bonne idée d'appliquer cette méthode, chère à l'Ars nova, sur la soie : il décida un jour de tisser un de ses modèles – une pivoine aussi épanouie qu'arrogante, une explosion de couleurs vives – et de décliner sur des mètres et des mètres le motif floral.

Surtout, grâce à ses dessins – ils reflétaient son âme et sa sincérité –, Honoré avait séduit Camille Pernon.

C'était en 1792. Honoré se souvenait tout juste que c'était l'hiver et qu'il avait, depuis peu, obtenu son diplôme de dessinateur aux Beaux-Arts de Lyon. Son père était malade, pourtant il fallait porter à monsieur Pernon, un négociant-fabricant pointilleux, les mètres de soie brodés du jour. Honoré profita de cette opportunité pour lui présenter ses modèles de fleurs et lui suggérer une technique de tissage économique qui permettrait de réaliser, à moindres frais, les détails compliqués qu'une seule fleur recelait. Pernon, passionné de soierie, était un lecteur assidu de *L'Echo de la Fabrique*. Honoré en illustrait de son trait incisif certains articles.

Le négociant-fabricant vit en Honoré un fils spirituel, sérieux, presque austère, et l'assistant charismatique et fiable qu'il espérait. Honoré fut embauché sur-le-champ.

Quelques années plus tard, à Paris, l'Empereur, pour relancer la Fabrique, avait décidé de rhabiller toutes les femmes de la cour : elles devaient porter de la soie. On la croyait légère, en réalité elle était étouffante, les femmes s'en plaignaient, mais puisque l'Empereur l'avait décrété, les dames, priées de souffrir en silence, portaient la soie de Lyon. Versailles tout entier se refaisait une toilette, exigeant toujours plus de nouvelles nappes, de nouveaux rideaux.

Les affaires d'Honoré fructifièrent, Pernon le payait grassement pour inventer de nouveaux motifs.

Excellent négociant, il avait obtenu que l'atelier de son père soit le seul qui tissât les tissus imprimés d'après ses modèles exclusifs ; trois mouliniers, autant de tisseurs et d'ovalistes (dont le travail consistait à surveiller les moulins et s'occuper des bobines en vérifiant la qualité des fils de soie) exécutaient leur tâche sans discontinuer. Bientôt ils ne suffirent plus, il fallut embaucher, Honoré Gaidon possédait enfin les moyens d'investir et ne s'en priva pas. Pernon eut en retour la fidélité du dessinateur : plusieurs concurrents proposèrent à ce dernier d'alléchants contrats, il n'en accepta aucun, il n'oublia jamais celui qui lui avait donné sa chance et accordé sa confiance. Honoré dessinait des pétales, des nervures, des feuilles, Camille Pernon prospérait, charriant dans son sillage la réussite de la famille Gaidon.

En fait, Honoré avait rencontré la famille Pernon comme on rencontre son destin – l'homme était veuf mais père : Honoré fit très vite la connaissance des deux enfants Pernon : Philippe, terriblement amusant, ténébreux et arrogant, du même âge que lui, devint comme son frère ; Simone, douce et exubérante, son épouse.

Pour elle, Honoré se brouilla avec Camille Pernon – ce fut l'unique fois. Jamais, au sujet des affaires qu'ils avaient en commun, il n'avait haussé le ton.

Pourtant, en 1801, à propos de Simone, le gendre tint tête au patriarche.

Simone était enceinte, Camille se savait malade et voulait connaître ses héritiers, la grossesse de sa fille était compliquée, le médecin faisait ce qu'il pouvait. Le jour de l'accouchement, ce dernier expliqua, la mine préoccupée, qu'il ne parviendrait pas à sauver la mère et l'enfant. Camille Pernon s'avisa d'émettre ce qu'il en pensait : il fallait sacrifier Simone pour que vive l'enfant.

Honoré trancha sur-le-champ. Seule Simone lui importait – il la désirait, la choyait, elle ne cessait de le surprendre –, un enfant ne les séparerait pas ; le médecin devait lui rendre Simone vivante.

Elle survécut effectivement, confortant Honoré, décidément pas près de croire aux malédictions.

Jean, lui non plus, ne croyait pas aux malédictions.

Son père, Paul Gaidon, décédé, en était la cause.

Jean avait entendu la même rengaine depuis sa venue au monde – sa mère, Manette, vingt-cinq ans, brune et fluette, n'eut pas la chance de Simone, la femme d'Honoré, et elle mourut en lui donnant la vie.

La première phrase qu'adressa Paul Gaidon à Jean, ce dernier se la répétait chaque matin, pour mieux la braver :

« C'est la malédiction des Gaidon. »

Jean n'avait jamais vu son père pleurer sa défunte épouse, la vie passait sur cet épicurien. Grand esthète plus qu'homme d'affaires, Paul n'avait aucun regret. Croire aux malédictions lui permettait d'avancer tête baissée. De voir la vie, autant que la mort, en rose. De relativiser le moindre événement.

Au contraire de son père, Jean, catholique éduqué par les jésuites, estimait que cette croyance, trop confortable, évitait surtout toute remise en question. Elle s'apparentait à la paresse, qu'il avait, en bon chrétien, en horreur. En cela, elle était hérétique.

Jean croyait au travail et à la volonté. Pour lui, les malédictions n'existaient pas.

Comprendra qui veut, comprendra qui peut, dit-il en lui-même.

Une toux rauque rappela à Jean Gaidon que sa vie était ici et maintenant, que les miroirs avaient mille facettes.

Garance sourit sans lever les yeux de la taie d'oreiller qu'elle brodait pour Henriette. Il s'agissait d'un dessin baroque aux couleurs chaudes et douces.

Garance avait sûrement raison, tout allait bien se terminer.

Jean reprit sa lecture.

Il ne croyait de toute façon pas aux malédictions.

Peut-être aurait-il dû.

— *A Study in Scarlet*… *Une étude en rouge*, dans sa langue originale !

— C'est pour vous, professeur.

Son jeune élève Paul Mounier lui tendit le roman dans lequel Sherlock Holmes parvenait, à force d'observation et de déduction, à résoudre sa première enquête. Salacan devait bien admettre que les méthodes scientifiques du détective londonien influençaient largement ses propres travaux lyonnais.

Le professeur feuilleta le roman policier et remercia chaleureusement le jeune homme. Il disposa le livre bien en évidence sur sa table, s'abstenant de préciser qu'il possédait déjà en triple exemplaire cette première édition du roman.

Après le chaton pour Suzanne quelques jours plus tôt, ce nouveau cadeau de Mounier l'étonna.

Salacan n'était pas né de la dernière pluie, il se douta que quelque chose se tramait et, immédiatement, pensa à Durieux. Parmi ses anciens élèves, de plus en plus nombreux à postuler pour l'assister,

Salacan l'avait sélectionné pour son sens des initiatives.

Le jeune et brillant physiologiste réservait six jours par mois à sa thèse – recherches, rédaction – et quelques autres à ses entraînements et courses. Salacan faisait alors appel à un autre de ses élèves, mais aucun ne suscitait la profonde et totale confiance qu'il accordait à Durieux, qui avait au fond peu d'exigences.

Salacan réfléchit en tournant les deux extrémités de sa moustache. Pourquoi cet engouement soudain ? Pourquoi cet élève lui faisait-il autant de cadeaux ? Il y avait certes les perspectives des prochains examens, des notes à distribuer, des meilleurs classements à obtenir, mais de toute façon la sévérité et la moralité du professeur décourageaient ce genre de manières.

Les Britanniques, les Suisses, les Italiens et les Français se disputaient la conquête de l'Himalaya et des Andes.

Depuis l'Antiquité, les sommets intriguaient. Au Népal et au Tibet, quelques massifs considérés comme sacrés restaient, sauf exception, interdits aux explorateurs européens. Obtenir une autorisation exigeait diplomatie et contrepartie financière de la part des Etats qui décidaient, malgré tout, de se lancer à l'assaut des grandes premières. La compétition était rude. Les Anglo-Saxons et les Suisses visaient la conquête de l'Everest. Le comité alpin français ambitionnait d'envoyer bientôt ses meilleurs éléments explorer les Andes. Durieux avait postulé.

Les alpinistes choisis pour ce genre d'expédition l'étaient pour leur sens diplomatique. Durieux le possédait.

Un tel périple durait six mois. Il coûtait très cher. Mais pouvait, en cas de succès médiatique et scientifique, rapporter gros.

L'Etat français appâtait ses chercheurs en titularisant les meilleurs et en accordant à de rares élus une autorisation d'accompagner les expéditions.

Le projet de Durieux était excellent, rien de plus normal lorsqu'on se passionne pour le mal des montagnes. Salacan l'avait lui-même validé.

Si son élève était sélectionné, il devrait recruter un nouvel assistant.

Le professeur en déduisit que Paul Mounier, mine de rien, se plaçait en première ligne.

Il continua de torturer les deux extrémités de sa moustache en souriant, les gens organisés et prévoyants avaient toujours leur place dans le cœur de Salacan.

La bonne lui servit son café, il ne la remercia pas, elle était payée pour le servir, il n'allait pas en plus la féliciter pour son travail.

— Bon appétit, monsieur, murmura la domestique.

Hermine était au service de la famille Rocher depuis plus de trente ans, suffisamment longtemps pour être familière des réveils difficiles de son patron. Elle prit soin de déposer devant le procureur les deux quotidiens, *Le Progrès* et *L'Action française*, auxquels il était abonné.

Pierre Rocher attendit qu'elle ait tourné les talons vers la cuisine pour lui accorder un regard plein de dédain. Hermine s'était furieusement élargie, sans doute la ménopause, or le procureur détestait les rondeurs, en particulier chez les femmes, ce sexe faible et soumis. Seuls les angles droits trouvaient grâce à ses yeux, rien ne devait dépasser. La maîtrise du corps, pour Rocher, reflétait celle, primordiale, de l'esprit. Il soupira, le monde souffrait d'un manque évident de droiture et de discipline.

La une du *Progrès* signalait que la Pologne et la Finlande « se seraient unies contre les Soviets ». Le procureur avala une gorgée de café, il détestait ce journal qui employait sans vergogne le conditionnel, lâche et permissif.

Le quotidien lyonnais mettait en avant la possible et imminente extension de la grève à la métallurgie, au bâtiment, aux transports en commun, à la batellerie et à la voiture-aviation. Même les postiers étaient prêts à faire acte de solidarité.

Le journaliste rapportait la parole d'un cégétiste : « Nous n'agissons pas dans un but égoïste » et expliquait la colère du peuple : la précarité se propageait, tel un virus, elle était désormais urbaine autant que rurale. Les années de guerre avaient laissé le pays exsangue.

Le procureur arrêta sa lecture.

— Typiquement français, vociféra-t-il comme s'il était à la cour.

Lyon n'avait pas subi de manière frontale le conflit mondial, elle avait même prospéré en mettant à contribution ses industries pour la construction des obus. Pour cette raison, Rocher n'avait aucune empathie ni compassion à l'égard de ses compatriotes meurtris. Et puis, Pierre Rocher était un grand nostalgique, il avait en horreur l'assistanat et soutenait la répression des conquêtes sociales.

Il se rappela avec plaisir que le ravitaillement de charbon, malgré les grèves massives, avait même été autorisé dans des cas spéciaux. Il but une gorgée de café et sourit : sa famille serait, comme toujours, à l'abri du besoin.

Il tourna les pages du *Progrès* sans les lire, vérifiant au passage qu'aucune information concernant les cadavres des femmes n'avait filtré.

Si le quotidien lyonnais était à ses yeux un torchon en matière de politique, les pages qu'il réservait à la vie de la cité débordaient en revanche de photographies essentiellement mondaines et le procureur en raffolait.

Soulagé de figurer au premier plan du cliché qui illustrait l'article sur la réouverture de l'hippodrome du Grand-Camp, il jeta le journal par terre, puis s'empara de *L'Action française*.

Le quotidien s'inquiétait de la montée grandissante du lobby juif et des femmes qui, de plus en plus nombreuses, demandaient le droit de vote.

— Grotesque !

Le journal se félicitait au contraire de la nouvelle loi anti-avortement. Rocher, satisfait et concentré, poursuivit sa lecture jusqu'à l'arrivée de sa fille.

Philomène avait quinze ans et était la fierté de son père. Elle lui ressemblait à s'y méprendre, ce qui n'était ni un avantage ni un compliment.

Dans deux jours, la jeune fille aux allures de sainte-nitouche devait accompagner sa mère, fervente catholique, en pèlerinage à Lourdes. Le clergé avait besoin de bénévoles pour réconforter les malades et Philomène s'était portée volontaire. Ou plutôt, sa mère l'avait inscrite sans lui demander son avis. Philomène avait entendu dire que, sur place, il y était facile de s'amuser, une fois les malades couchés. Elle comptait bien faire la noce avec des séminaristes et elle n'avait donc pas protesté.

Rocher l'embrassa sur le front en cherchant quelque chose dans la poche de sa veste. Il s'agissait d'une petite clé et, lorsqu'il la glissa dans le creux de la main de sa fille, leurs taches de naissance se frôlèrent.

— Bon anniversaire, ma chérie.

Au premier coup d'œil, Philomène reconnut que la clé était celle d'une voiture. Elle feignit la surprise même si, en rentrant de son escapade nocturne – elle prétendait servir aux ambulances –, elle avait remarqué, garé dans la cour, le véhicule flambant neuf, enrubanné tel un œuf de Pâques. Philomène jubila ; si sa mère s'opposait à ses caprices, son père cédait et elle obtenait toujours ce qu'elle voulait.

— Papa... Vous êtes trop bon !

Elle promit de ne pas utiliser le véhicule avant d'avoir terminé ses leçons de conduite et Pierre Rocher la crut. De toute évidence, le procureur ignorait que sa fille était aussi menteuse et roublarde que lui.

Salacan ouvrit les yeux. Six heures de sommeil lui convenaient.

Afin de ne pas réveiller son épouse, il se leva sans bruit puis rejoignit son bureau-bibliothèque, au fond du couloir.

La pièce, d'une vingtaine de mètres carrés, ne souffrait d'aucun vis-à-vis, sinon des arbres feuillus, verts et gras après les récentes précipitations qui avaient manqué de noyer Lyon. Salacan chouchoutait cet espace, décoré avec divers objets rapportés de ses nombreux voyages.

Tout y était de bois, les meubles comme les lambris feutrés. Le téléphone sur le buffet était un modèle américain de 1909 en acier et ivoire incrusté de laque. Une banquette divisait l'espace entre un coin-bureau et un laboratoire. Le canapé, large et tentant, provenait de Londres, où Salacan avait rencontré sir Arthur Conan Doyle en personne.

Il releva les derniers chiffres hygrométriques, les nota puis calcula la différence avec les précédents relevés.

Il s'agissait de vérifier combien de temps la peau d'un être humain, une fois mort, mettait à pourrir.

Dès l'aube, le commissaire Kolvair avait gagné la Croix-Rousse.

Rue du Chariot-d'Or, il avait visité l'atelier de tissage dans lequel Madeleine Ronsard avait été retrouvée. Cette vieille femme n'avait aucun ennemi, tous les témoignages recueillis semblaient bienveillants. L'inconnue du pré aux Moines n'était pas une de ses amies, et aucune de celles-ci n'avait disparu.

Kolvair n'était pas dupe, cette colline avait ses secrets et ses habitants pratiquaient l'omerta.

Il rejoignit le cœur de la Croix-Rousse, au nord des Terreaux, c'était là que Madeleine Ronsard habitait.

Après le premier virage, il repéra, à quelques mètres devant lui, Durieux qui pédalait furieusement. Kolvair jeta un œil à sa montre de gousset : huit heures moins huit minutes.

Tu vas être en retard, jeune homme, se dit à lui-même le commissaire.

Il klaxonna en le doublant, Durieux resta imperturbable.

Çà et là, entre les maisons, quelques petits enclos étaient suspendus.

Kolvair se gara sur le bas-côté, au pied d'un escalier. Les montées se faufilaient entre les murs de soutènement. Les marches de pierre à gryphées plongeaient sur les pentes, agrippées aux façades dans un équilibre qui, à certains endroits, donnait le vertige.

C'était un lieu paisible, comme Kolvair les aimait.

Il pensa à l'appel téléphonique matinal de sa sœur. Leur mère était mourante et le réclamait. Il calcula depuis quand il n'était pas retourné dans son village natal. Huit ans. Il y avait eu la guerre et ses rares permissions, mais, lorsqu'elles se présentaient, Kolvair les avait utilisées pour revenir à Lyon. N'était-ce pas dans cette ville qu'il se sentait chez lui ? Et puis, il ne parvenait plus à dépasser ses appréhensions :

depuis longtemps, les relations avec sa mère étaient compliquées.

Du jour où elles étaient devenues problématiques, il avait pris la décision d'écourter ses visites.

Avec la guerre, elles s'étaient espacées et, depuis ce moment-là, ses crises d'asthme avaient totalement disparu.

Il plaça sa main en visière pour observer, au loin, un bateau. Il devait bien reconnaître que ne plus subir les réflexions sarcastiques de sa mère lui faisait du bien.

Kolvair alluma une cigarette, la lumière douce et caressante lui donnait envie de partir à la pêche.

Un peu de patience, Victor, tu as du pain sur la planche, se dit-il.

Il n'avait pas annoncé à sa mère son amputation. Il relâcha la fumée de sa cigarette par les narines, se faisant la réflexion que sa sœur aussi, d'ailleurs, l'ignorait.

Il haussa les épaules, comme lorsqu'on cherche à se décharger d'un fardeau. Pourquoi courrait-il au chevet de sa mère ? Pour lui dire la seule chose qu'il ne lui avait jamais avouée ?

Elle n'avait jamais cessé de le considérer en ennemi simplement parce que lui, Victor, son fils, lui rappelait son ex-mari. Le commissaire ressemblait à son père, il n'y pouvait rien.

Durieux arriva, la rapidité du jeune sportif était, décidément, étonnante.

— C'est vrai que la journée commence bien, commenta Durieux en rejoignant le commissaire.

Ce jeune homme lui faisait penser au frère qu'il n'avait pas.

Depuis son retour du front, une grande majorité de personnes s'adressaient à lui différemment, son handicap générait une familiarité déplacée. Or, Durieux n'était pas de ceux-là.

Ils attendirent le professeur Salacan devant la petite maison de Madeleine Ronsard. Ce retard ne ressemblait pas au scientifique et Kolvair pressentit une mauvaise nouvelle.

— Je suis sûr que c'en est une bonne, affirma Durieux, devinant les pensées du commissaire.

Kolvair opina, se faisant la réflexion que Durieux devait certainement être, lors de ses expéditions en haute montagne, un excellent guide. Hugo Salacan apparut enfin, il arrivait à pied et était essoufflé. Le commissaire remarqua immédiatement qu'il semblait tourmenté.

— J'aurais mieux fait de m'abstenir, mais j'ai fait un crochet par le palais de justice…

Il prit une inspiration, avala sa salive, Durieux en profita pour intervenir :

— Vous êtes allé au laboratoire y vérifier le séchage du plâtre ?

Le jeune assistant parlait de la technique de reconstitution faciale, un exercice délicat dont le commissaire savait qu'il se concluait souvent par un échec.

— Ça ne prend pas, c'est ça ?

Salacan, de plus en plus crispé, se força à sourire.

— C'est trop tôt pour savoir, énonça-t-il. En revanche, il y avait de l'agitation… Legone et ses hommes ont arrêté le Tricoteur…

Kolvair ne voyait pas ce qu'il y avait d'ennuyeux à cela et il ne parvint pas à dissimuler son soulagement. C'était même, tout bien réfléchi, une sacrée aubaine.

Parfait, au moins ils nous ficheront la paix ! se dit-il.

Rassuré, il avança vers la maison de Madeleine Ronsard.

— C'est bien vous qui avez les clés, professeur ? fit-il en tendant la main à Salacan afin qu'il les lui donne.

Le professeur épongea à nouveau ses tempes, enchaîna :

— Le procureur me les a reprises, l'enquête Ronsard est close !

Kolvair manqua de s'étouffer.

— C'est une blague ? !

— Pas du tout, déplora Salacan. Legone est en train de prendre la déposition du Tricoteur pour le crime de madame Ronsard !

Kolvair eut besoin de reprendre ses esprits. Le Tricoteur un meurtrier, ça ne collait absolument pas.

— Le con ! lâcha-t-il enfin.

Il s'apprêtait à asséner une nouvelle insulte quand il se rendit compte que Durieux, accroché au coude de la gouttière qui coulait le long de la façade, avait commencé à escalader le mur de la maison. Salacan, mal à l'aise dès qu'il s'agissait d'enfreindre les règlements, en resta bouche bée, mais se détendit rapidement. L'inquiétude faisait place à la stupéfaction.

En remarquant le velux entrouvert vers lequel se dirigeait l'alpiniste, Kolvair sourit. Durieux évoluait avec lenteur et la plus grande prudence. Il avait besoin de se familiariser avec les reliefs inégaux et avec l'à-pic du revêtement mural. Certaines pierres facilitèrent sa montée. Puis il se glissa à l'intérieur de la demeure.

Salacan, totalement déridé, feignit le mécontentement :

— Quelle jeunesse, commissaire...

Kolvair résista pour ne pas en rajouter.

— Quand vous n'avez pas le droit, il faut le prendre, n'est-ce pas, professeur ? plaisanta le jeune assistant en leur ouvrant la porte.

Pouvoir analyser l'environnement d'une victime n'arrivait pas tous les jours. Pour un chercheur aussi consciencieux que Salacan, c'était une mine d'or.

Le professeur entra le premier.

Les hommes du Tigre avaient déjà visité le logement, ils n'avaient pas lésiné, tout était sens dessus dessous.

— Ils ont saccagé les empreintes, se lamenta aussitôt Salacan, la loupe déjà à la main.

Il s'agenouilla, malgré sa déception, pour observer une marque de terre entre deux lattes patinées par les passages. Durieux s'accroupit aussitôt aux côtés de Salacan pour l'aider.

Kolvair observait attentivement le décor. Il fut immédiatement frappé par l'absence de livres, se souvint que Madeleine Ronsard souffrait de cécité. Il se sentit soudain envahi par la colère. S'en prendre à une femme n'était déjà pas glorieux, alors une aveugle... Quel était donc ce monde dans lequel Kolvair ne se reconnaissait plus ?

— La cruauté des hommes égale leur lâcheté, marmonna-t-il pour lui-même.

Il se figea : cruauté et lâcheté ne correspondaient pas au portrait du Tricoteur, édifié depuis des mois dans les journaux.

L'homme sévissait dans toute la région et narguait la police par l'intermédiaire de la presse. Edgard, un journaliste connu pour ses investigations, avait même, un temps, été soupçonné de complicité. Le Tricoteur défiait plus qu'il ne fuyait, il aimait qu'on parle de lui.

Le gentleman cambrioleur était réputé cibler ses victimes en fonction de leurs fortunes. D'aucuns étaient convaincus qu'il les fréquentait régulièrement pour si bien les connaître et Kolvair était persuadé que le Tricoteur aimait le luxe et l'argent. Décidément, ça ne collait pas : Madeleine Ronsard était loin de ressembler à une femme riche, son intérieur en attestait. Kolvair prit malgré tout la peine de fouiller le bazar.

Un petit panier en paille et en tissu attira son attention. Il contenait les effets personnels de Madeleine Ronsard. Kolvair découvrit, au fond du panier, un ravissant objet en argent.

Tel un bijou qui se transmet de mère en fille, Madeleine avait reçu, lors de sa communion solennelle, ce carnet en trompe-l'œil. Kolvair l'ouvrit, il abritait précieusement un petit miroir ainsi qu'un portrait encadré de Madeleine Ronsard et de son mari à la fin de leur vie.

Sans avoir besoin de sortir sa loupe, il aperçut immédiatement deux minuscules trous sur le miroir, à hauteur du regard.

— On dirait que quelqu'un a voulu jouer aux fléchettes ! s'exclama-t-il en se remémorant le miroir de l'inconnue du pré aux Moines.

Kolvair sentit les battements de son cœur s'accélérer.

Ce n'est donc pas le Tricoteur, apparemment… se dit-il.

Puisqu'il était là sans mandat de justice, s'il estimait avoir besoin de ce cliché dans le cadre de son enquête, il n'avait pas d'autre choix que de le subtiliser. Au loin, le clocher de Saint-Nizier sonna la demie. Il n'hésita pas très longtemps, il était le seul flic à repérer les pièces à conviction avec autant d'instinct. Il se doutait que jamais Rocher ne recevrait cette pièce à conviction, une intuition le poussa à planquer le carnet dans sa poche intérieure. Il était conforté dans son idée : les deux victimes avaient probablement leur agresseur en commun.

Un bruit de pas provenant du plafond lui fit alors tendre l'oreille.

— Madeleine Ronsard était logeuse ? s'étonna le commissaire en rejoignant le professeur et son assistant.

Le commissaire avait parlé fort et les pas, à l'étage, s'arrêtèrent subitement. Soudain, ce fut la course, puis le bruit d'une fenêtre qu'on ouvrait précipitamment.

— Il prend la poudre d'escampette par le toit ! murmura le professeur Salacan.

Kolvair autorisa Durieux à le courser, se souvenant, mais trop tard, qu'en 1793, lors de la prise de la ville par les troupes révolutionnaires qui voulaient la détruire, seuls les hommes qui connaissaient les traboules avaient eu la vie sauve.

Jacques Durieux était arrivé depuis peu dans l'ancienne capitale de la Gaule. Il avait grandi à Champagny-en-Vanoise, perché à plus de mille deux cents mètres d'altitude. Aussi, lors de son emménagement à Lyon, n'avait-il pas choisi une chambre sur la presqu'île, privilégiant une situation précise : afin d'honorer ses nombreux entraînements sportifs (outre le cyclisme, Durieux pratiquait la course à pied et le tennis), il s'était installé à proximité du parc de la Tête-d'Or, quartier dépourvu de traboules.

Lorsqu'il se lança à la poursuite du visiteur de la maison de Madeleine Ronsard, il fut subjugué par le panorama qui s'offrit à son regard. Vus d'en haut, les toits formaient un étonnant jeu de pistes, un impressionnant labyrinthe de tuiles, de cheminées et de traboules.

Durieux ne savait pas grand-chose de ces couloirs légendaires. Les médecins de l'Hôtel-Dieu y répandaient des fumigations dans les allées frappées par la peste et le choléra, et il avait longtemps été hanté par un dessin, sur son manuel d'histoire des sciences, qui représentait les savants, affublés d'un immense manteau et d'un masque de cuir noir à bec de cigogne pour éviter la contagion.

Durieux distingua la silhouette qu'il devait suivre, elle marchait sur la crête des toits vers l'ouest. Vers Saint-Jean. L'homme se retourna, repéra Durieux et accéléra. C'était quelqu'un d'agile. En courant à sa suite, Durieux se fit même la réflexion que celui qu'il poursuivait connaissait les techniques d'escalade.

Peu à peu, Durieux diminuait la distance.

Il comprit que c'était une femme lorsque la silhouette se lança dans le vide. Il s'arrêta net pour jauger la hauteur et calcula que le saut de deux mètres demandait un entraînement considérable. Il vit la jeune femme se tordre la cheville en touchant terre, se relever et reprendre sa course sans boiter. Durieux, ne voulant pas risquer la blessure, se lança à son tour, en sautant entre les différents niveaux de traboules. Le défiant, la fuyarde gagna la cour voisine, se tordit une nouvelle fois la cheville. Cette fois, elle ne se releva pas. Durieux jaugea les trois mètres de hauteur, qui ne l'impressionnèrent pas, et s'élança. Il atterrit, genoux fléchis et sans anicroche, juste à côté de la jeune femme.

Aussitôt, il sortit d'une des poches de son sac à dos un stéthoscope biauriculaire dont il s'enfonça les tubes flexibles dans les oreilles. Circonspect, il écouta les battements du cœur de l'inconnue.

— Cinquante, releva-t-il après un rapide calcul. C'est assez faible, surtout après une telle course, ajouta-t-il, impressionné.

La jeune femme, qui n'y comprenait rien, le dévisagea et changea de sujet :

— Vous connaissez Victor Kolvair ? demanda-t-elle en repoussant le stéthoscope du jeune scientifique.

Jacques Durieux se redressa en lui tendant la main.

— Jacques Durieux. Je suis chercheur en physiologie et je travaille effectivement pour le commissaire.

Elle ne le quitta pas des yeux, sans pour autant saisir la main qu'il lui tendait. Durieux insista :

— Ne vous inquiétez pas, je ne suis pas policier, je n'ai pas le pouvoir de vous appréhender.

— Vous êtes médecin ?

— Pas exactement, répondit Durieux en se penchant à nouveau sur la jeune femme pour comparer les deux chevilles.

Il grimaça, visiblement inquiet.

— On est médecin ou on ne l'est pas, rétorqua la jolie jeune femme en souriant.

— J'ai étudié la médecine, mais je ne suis pas praticien. Pas de panique, il s'agit d'une belle entorse, conclut-il en sortant un canif de sa poche.

Jacques Durieux improvisa avec deux branches trouvées à terre une ingénieuse attelle qu'il arrangea autour de la cheville blessée.

Non seulement l'inconnue parvint à se tenir debout sans douleur, mais en plus elle se mit en marche.

Sans le moindre remerciement, elle s'enfonça dans une traboule.

— Bien sûr, nous ne nous sommes jamais vus, ironisa-t-elle en adressant un dernier regard à son sauveur.

Durieux lui sourit béatement.

— Blandine. Blandine Hérou. Je tiens un restaurant. Près du palais de justice.

Il n'était pas policier et n'éprouva aucun remords à la laisser filer.

— Bien sûr... répéta dans le vide le jeune scientifique, subjugué.

Accroupi sur le tapis usé de la chambre de Madeleine Ronsard, le professeur semblait satisfait. Il termina de prélever, en la frottant très doucement avec une lame en forme de goutte, une tache de rouille. Il se fit la réflexion que cela n'aiderait en rien l'enquête policière, n'en continua pas moins. Il récoltait, dès que l'occasion s'en présentait, tout échantillon susceptible de mettre en pratique ses nouvelles théories.

Or, il travaillait actuellement à l'amélioration de la formule chimique du réactif du ferrocyanure ferrique – dans certains meurtres à arme blanche, cette technique d'avenir, il n'en doutait pas, faciliterait l'arrestation des coupables.

Pour cela, Salacan étudiait la formule de ce précipité bleu de Prusse floconneux dans le but de le rendre plus facilement visible au microscope.

Il entendit le clocher d'une église sonner et se pressa. Son regard tomba sur la collection de poupées miniatures de la propriétaire et il pensa à sa fille Suzanne, qui les aimait tant. Personne ne le vit en saisir une, puis la cacher au fond d'une de ses poches.

Il l'offrirait à sa fillette, ce soir. Sa femme le sermonnerait sûrement, comme à chaque fois :

« Tu la gâtes trop, Hugo, ses frères et sœurs se sentent défavorisés. »

Hugo Salacan n'en avait cure, il ne répondait pas. Il n'osait en parler devant sa femme de peur de la peiner, cependant aucun remède contre la dégénérescence mentale de leur Suzanne n'existait.

Elle avait une durée de vie limitée et Salacan ne parvenait à occulter ce fait.

Alors qu'il s'apprêtait à quitter les lieux, il repéra une araignée en train de tisser son piège. Il sortit sa loupe et observa le travail : la petite bête avançait innocemment, le chemin semblait simplissime, Salacan savait qu'il ne l'était pas du tout.

Il se remémora la phrase de Durieux parlant d'un de leurs cadavres : « Comme si le meurtrier avait voulu le tisser… »

Salacan vivait par et pour la science, il expérimentait tout, tout le temps. Il ne parvint donc pas à se raisonner. Naturellement fasciné par la précision de la toile de cette araignée, il prit l'immédiate décision de l'emporter avec lui.

Pour cela, il déplia de nouveau sa trousse.

8 décembre 1898

Jean Gaidon essuya une nouvelle fois ses tempes, en nage malgré le froid. Il faisait les cent pas, arpentant de long en long le couloir. Garance était dans la pièce adjacente, en train de mettre bas. Il n'entendait aucun bruit et cela l'inquiétait. Ne disait-on pas que les femmes accouchaient dans la douleur ? La souffrance les faisait crier, se moquaient certains hommes irrespectueux. Depuis longtemps, Jean savait que sa Garance souffrait en silence, stoïquement. Elle n'avait aucune confiance dans le genre humain, trop bien capable de cruauté.

Garance n'avait jamais donné de détails à quiconque, même pas à son mari. Jean, pourtant son confident, ignorait qui lui avait fait tant de mal, mais il était évident que son épouse incarnait la figure des grandes douleurs muettes. Comme si d'avoir été confrontée trop jeune à l'ignominie l'avait définitivement réduite au silence.

De cela probablement résultait le rejet affiché depuis quelques mois par Garance envers le corps médical. Jean comprenait son épouse, aucun médecin n'avait réussi à soigner ni guérir leur Henriette, atteinte de typhoïde. A cette pensée, une boule acide s'installa dans la gorge de Jean. Depuis la mort de leur fillette, Jean s'angoissait facilement. Il savait combien Garance fondait d'espoirs sur cette naissance.

Quant à lui, il était doublement soulagé. Cet enfant à venir signalait un nouveau départ. Comme pour allumer un feu, il frotta ses mains. Il se sentit devenir brûlant. Et si l'accouchement ne s'était pas bien passé ? Et si l'enfant était mort-né ?

Ou, pire encore : si Garance avait succombé, comme sa propre mère, en accouchant ?

N'y tenant plus, Jean frappa trois coups secs à la porte de leur chambre. Il n'entendit pas sa femme, apaisée dans son lit, son bébé sur son flanc. Il ouvrit la porte et Garance l'arrêta :

— Un instant, Jean, je ne suis pas présentable.

Il referma aussitôt la porte. Il avait eu le temps d'être rassuré, Garance allait bien. Emu, il sentit une larme poindre, l'essuya immédiatement. Il tenta de se concentrer sur la lecture du journal de la Fabrique. Les comptes n'avaient jamais été aussi catastrophiques, il allait falloir réduire les dépenses et Jean craignait de l'annoncer à sa femme, attachée à son confort.

— Vous pouvez entrer, lui annonça-t-elle.

Le tableau qui se présenta à lui était si émouvant qu'aussitôt ses jambes flageolèrent. Pour ne pas vaciller, il se précipita au chevet de sa bien-aimée.

Garance s'assoupissait, dans sa demi-conscience elle lui sourit. Sous d'épaisses couvertures, elle avait protégé de l'humidité lyonnaise et de l'hiver le corps du nouveau-né. Jean n'osait pas toucher ce petit être, les corps n'étaient pas son domaine. Et puis, les enfants l'impressionnaient. Sa timidité était une manière comme une autre de les respecter. N'étaient-ils pas une affaire de bonne femme ? Dépassant ses appréhensions, il porta sa main sur la joue du bébé.

— C'est une fille, lui murmura Garance.

Jean contint son émotion. Après la mort de leur Henriette, après cette tragédie qu'ils avaient affrontée ensemble, Garance lui redonnait une fille et cela le comblait.

— Une fille… C'est magnifique…

Il allait devoir partir au bureau, les affaires l'attendaient – réunions, licenciements, syndicat à affronter –, mais il avait envie de se blottir un court instant contre Garance. Leur affection avait l'avantage de croître avec les années.

— Oui, mon Jean, murmura Garance.

Il déposa un tendre baiser sur son front, elle ferma les yeux.

— Nous l'appellerons Henriette, voulez-vous bien ?

Jean sentit son cœur chanceler et il eut besoin d'un moment pour reprendre ses esprits.

— Henriette ?… répéta-t-il. Ne croyez-vous pas que…

Garance le coupa :

— Ce sera très bien, lança-t-elle, renfrognée. Elle s'appelle Henriette, conclut-elle.

Jean sourit, Garance était incorrigible, elle ne changerait décidément jamais.

— Oui, vous avez raison, c'est très bien, ma Garance. Comme tout ce que vous faites.

La frimousse de l'enfant endormi et paisible le revigora. Il se sentit prêt à affronter la rude et âpre journée qui l'attendait.

Une fois Garance endormie, il prit soin de rassasier l'âtre puis quitta sans bruit le nid familial, assuré que femme et bébé étaient à l'abri de tout. Même du soupçon.

Legone n'avait aucune nouvelle de son complice, Norbert, l'assistant des frères Lumière.

Il avait hâte de récupérer le film des ébats de Jo la Cèpe et Philomène Rocher. Il avait mené sa petite enquête, c'était effectivement la fille du procureur.

Grâce à leurs excellentes performances sexuelles, il était certain de faire un tabac. Il vendrait le film à prix d'or.

Legone sourit en lui-même, il ne quittait pas des yeux le procureur, songeant plus précisément à sa fille.

Il s'était rencardé. La coquine devait quitter Lyon pour quelques jours. Il prit la décision de faire une fois encore appel à ses talents érotiques en lui proposant un nouveau rôle dès son retour.

A mon avis, Jo la Cèpe ne se fera pas prier pour lui donner la réplique... songea-t-il.

Lorsque son supérieur lui adressa la parole, il pensait à la mise en place des lumières de son prochain film.

Le Tricoteur s'appelait en réalité Yvon Figeac.

— Joli nom, je suis content pour lui, ironisa le commissaire Kolvair.

En même temps, le procureur Rocher et le juge Colbert haussèrent les yeux au ciel.

— L'enquête de la BRPM est efficace, elle au moins… rétorqua Rocher. Yvon Figeac vient d'avouer tous les cambriolages qu'on lui impute, ainsi que le meurtre de Madeleine Ronsard.

Kolvair resta de marbre, le procureur avait toujours eu la victoire démonstrative.

— Rien que ça ? !

Durieux avait pris le parti d'en rire.

— Ce que veut dire mon assistant, c'est que… intervint Salacan, comme pour détourner l'attention.

Il hésita brièvement, Kolvair continua pour lui :

— Celui qui a tué la victime du pré aux Moines est vraisemblablement celui qui a tué Madeleine Ronsard…

Le procureur, pris au dépourvu, éclata de rire. Kolvair nota l'absence de réaction chez Legone – le commissaire observait l'inspecteur, mal à l'aise dans l'exiguïté de la pièce.

— As-tu des preuves de ce que tu affirmes ? enchaîna le juge Colbert.

Kolvair répondit avec déférence, en regardant le juge dans les yeux :

— Nos analyses sont en cours.

— Les résultats sont imminents, crut bon de mentir le professeur Salacan.

Tout le monde savait que sciences et expériences rimaient avec patience, il le répétait suffisamment à ses élèves. Le procureur et le juge ignorèrent l'avis scientifique, Legone sourit en douce.

— Tu veux alerter l'opinion ? ajouta Rocher à Kolvair en tournant les talons.

Le commissaire, pour éviter d'exploser de colère, ricana effrontément. Cela eut pour effet de le soulager. Et de glacer le procureur, qui se figea. Personne ne parla pendant un bref instant, qui parut trop long.

— Je vous laisse quarante-huit heures pour déposer vos résultats sur le bureau du juge Colbert, lâcha-t-il, reprenant son avancée vers la porte. En route, inspecteur, la presse nous attend ! lança-t-il à Legone.

Kolvair avait en horreur les conférences de presse, il prit sur lui pour ne pas laisser poindre son indignation et les laissa sortir au plus vite.

— Quarante-huit heures, répéta-t-il. Nous n'avons pas beaucoup de temps.

Durieux opina.

Salacan resta silencieux, encore sous le choc de son échange avec le procureur. Il semblait atterré.

— Il a convoqué la presse ! dit-il enfin.

Il retroussa ses manches.

Salacan avait repris du poil de la bête.

Kolvair avait raison, tout n'était pas perdu, le procureur leur octroyait quelques heures en sus. En vérité, tant que le commissaire Victor Kolvair et lui-même, Hugo Salacan, n'auraient pas remis leur rapport d'enquête scientifique, le procureur ne pourrait pas officiellement clore l'enquête.

Grâce à leurs ingénieuses méthodes, le professeur et son jeune assistant avaient pu reconstituer comment s'était déroulé le meurtre de Madeleine Ronsard. Des éraflures sur les talons de ses souliers, ils avaient déduit qu'elle avait été d'abord traînée jusqu'à la cheminée. Ensuite seulement elle avait été violée, torturée, puis emberlificotée dans le métier à tisser. Cela permettait d'affirmer avec certitude que le meurtrier, certes organisé, prenait son temps et agissait en toute impunité.

— Encore une chose... commença le commissaire. J'ai parlé au malletier londonien...

— Lord Eider ? le coupa Salacan, curieux.

Durieux, resté en retrait, eut un sourire amusé : Eider, Kolvair (comme le colvert, pas tendre sous la dent)... Décidément, cette enquête faisait dans les canards.

— Il m'a indiqué qu'il numérotait chacune de ses œuvres. Si vous pouviez trouver quelques chiffres du numéro de série parmi les restes de la malle, cela nous ferait gagner du temps.

— Je m'en occupe, commissaire, assura le professeur.

Durieux intervint :

— Ils sont composés de combien de chiffres, ses numéros de série ?

Kolvair, bluffé par sa pertinence, resta sans réponse. Il avait oublié de poser cette question au malletier.

Durieux saisit une craie bleue et inscrivit lisiblement sur le tableau noir et bancal la taille des deux victimes, leur poids, leur âge, ainsi que le nom du

Le commissaire plissa le front. Il marqua une pause, s'accordant un délai de réflexion.

— Je n'ai plus besoin de vous aujourd'hui, mademoiselle. Vous pouvez disposer.

Enchantée, Ombeline Bonnemaison ne se fit pas prier et rassembla ses affaires. Sur le pas de la porte, elle lui sourit puis ajouta, en avisant le moignon de la jambe de Kolvair :

— Je prierai pour vous, commissaire.

Kolvair savait que mademoiselle Bonnemaison était une fervente catholique, elle avait le miracle dans la peau.

En allumant une cigarette – il savourait le fait d'être enfin seul – il se souvint que la seule femme qui lui avait déjà dit ça – « je prierai pour toi » – était infirmière.

Il l'avait croisée du côté de Reims, peu de temps après son amputation. Fétichiste, la femme d'âge mûr avait été particulièrement insistante dans son désir de faire l'amour avec lui, uniquement parce qu'il était unijambiste, et cela l'avait profondément mis mal à l'aise.

« Je ne suis pas un animal de foire ! »

Il ne se remémorait pas le prénom de cette pieuse infirmière, mais son visage aux traits réguliers restait gravé dans sa mémoire.

Lorsque Damien Badou et Hugo Salacan frappèrent à la porte de son bureau, Kolvair était en train de comparer les clichés des relevés planimétriques du pré aux Moines, fixés par le professeur et développés par Durieux, avec ceux du cadavre non identifié.

Le visage boursouflé de la victime avait été recouvert d'un linge propre et le commissaire se faisait la réflexion que ce détail, comparé au sang séché et à l'état putréfié du reste du cadavre, détonnait.

Badou était surexcité. Il sautillait en tendant au commissaire un bocal hermétique, transparent et fermé.

— Vous aviez raison, commissaire !

Le commissaire rangea les photos dans leur dossier puis saisit le petit pot en verre épais. Deux globes oculaires baignaient au milieu d'un liquide saumâtre.

— Eh bien quoi, docteur ?

— Notre inconnue souffrait effectivement de cécité, précisa le professeur.

Le commissaire ne put contenir un sourire.

— Au point de lire le braille ?

— Notre inconnue souffrait d'une déficience visuelle profonde, expliqua le légiste en s'approchant du tableau noir.

Au passage, il s'empara d'une craie.

— Nous appréhendons le monde qui nous entoure au moyen de nos sens. Ils sont, rappelons-le, au nombre de cinq : la vue, l'ouïe, l'odorat, le goût et le toucher. Parmi ceux-ci, la vue occupe une place prédominante puisque quatre-vingts pour cent de nos informations lui sont imputables. L'organe de la vue, le récepteur, est l'œil. Il n'est pas spécialement performant mais il transforme les images qu'il perçoit, grâce aux photorécepteurs, en impulsions nerveuses transmises au cerveau dans ses aires de projection occipitales, et c'est alors que la vue devient vision, car le cerveau, dans son intégralité, va effectuer un énorme travail de traitement des données qui décuple l'importance et la signification des messages reçus...

Kolvair écoutait, attentif.

— Et plus encore, précisa le professeur Salacan.

— Vous avez raison, professeur, et plus encore, lorsque tout est pour le mieux... sourit Badou avant de reprendre son exposé : Pour une personne donnée, nous pouvons schématiquement individualiser trois facteurs qui interagissent entre eux : les facteurs visuels proprement dits directement liés à la qualité de l'œil, les facteurs liés à la personnalité du sujet et les facteurs liés à l'environnement...

Ses longues phrases savantes lui ayant desséché la gorge, il se servit un verre d'eau. Kolvair rêvassait à la cocaïne qu'il devait aller chercher chez son fournisseur, Salacan enchaîna :

— Les facteurs visuels sont la possibilité de distinguer des détails, l'étendue du champ visuel pour l'appréciation du relief et, grâce à la vision binoculaire, la netteté des images en fonction de l'accommodation.

En disant cela, il avança et recula son index devant son champ de vision. Le docteur Badou acquiesça en opinant.

— Sur une échelle de un à six, l'inconnue du pré aux Moines était sur la troisième marche. Elle n'était pas née aveugle, mais était en train de le devenir.

— Comme Madeleine Ronsard ?

— Madeleine Ronsard était sur la cinquième marche, répondit, sans aucun état d'âme, Badou.

Il avait cessé de dessiner sur le tableau une découpe transversale d'un globe oculaire et se frottait les mains. Kolvair regarda la poudre de craie se disperser sur le tapis.

— Merde ! lâcha-t-il en constatant que son paquet de cigarettes était vide.

Il le froissa puis lança la boule dans sa corbeille en se félicitant de son acuité. Il se demanda ce qu'il y avait de pire entre perdre une jambe, la vue ou l'ouïe et parvint à la conclusion qu'il n'était pas le plus mal loti.

— Il y a donc un nouveau lien entre les deux victimes, observa le commissaire avant de faire une pause. Notre homme est en contact avec des femmes aveugles, déduit-il finalement.

Les trois hommes hochèrent la tête. Ils ressemblaient, vus du ciel, à des épouvantails pendant une tempête.

Une fois seul dans son bureau, le commissaire, ravalant son impatience, fixa le portrait du nouveau président de la République, qu'il avait transformé en porte-cravates, puis expira lentement la fumée de sa cigarette. Elle enroba le visage du vieux Paul Deschanel et Kolvair souffla plus fort. Elu depuis le 17 janvier, entré en fonction le 18 février, le chef de l'Etat était un grand mélancolique.

— Si c'est le cas, vous n'êtes pas le seul, dit-il tout haut.

Depuis que Deschanel dirigeait le pays, certains bruits couraient au sujet de ses troubles psychologiques, on racontait qu'ils se seraient aggravés.

Kolvair lista d'abord le nombre d'institutions susceptibles, à Lyon et dans la région, d'être en contact avec des aveugles, puis il calcula approximativement le personnel de ces établissements. Avec la guerre, le nombre de malvoyants avait triplé, celui des brancardiers à leur service sextuplé, celui des infirmières qui enseignaient le braille décuplé. Il prit la décision, puisque le coupable de meurtres aussi féroces était un homme, de convoquer d'abord les brancardiers.

— Cent quarante-sept personnes à interroger... conclut-il, découragé.

Il dévissa sa prothèse et attrapa sa réserve de cocaïne.

Un léger courant d'air chaud s'introduisit dans la pièce lorsque Kolvair ouvrit la porte pour sortir.

Du laboratoire scientifique provenaient des rires et une forte odeur de paille. Etonné, Kolvair passa la tête. Il découvrit le professeur Salacan et son assistant en train de s'esclaffer devant un chimpanzé. L'animal, dans une cage, gobait des bananes et leur souriait.

— Génome ! Appelons-le Génome ! proposa Durieux, totalement survolté.

Heureusement que Kolvair était cultivé et lisait régulièrement des revues scientifiques. Il savait donc que le botaniste Hans Winkler venait d'inventer ce mot-valise à partir de « gène » et de « chromosome » pour désigner l'ensemble du matériel génétique encodé dans l'ADN d'une cellule. Kolvair savait aussi que les primates et les humains avaient en commun une grande proportion de leur génome.

Il imagina la tête de son chien lorsqu'il se trouverait face à cet animal et sourit en quittant les lieux.

3 janvier 1903

Ce qui se passait à l'intérieur de la famille ne regardait personne, Jean et Garance Gaidon chérissaient leur intimité. Ils formaient une famille unie, un clan, leur seconde petite Henriette les comblait.

Après un creux, les affaires familiales marchaient à nouveau.

Si la belle Garance vivait en autarcie, elle conseillait régulièrement son mari et gardait toujours un œil sur la fabrique.

Elle avait eu l'idée de rebaptiser le commerce familial, changeant l'enseigne « Chez Pernon et Fils » en « Au Fil du Temps », qui devint la coqueluche des plus grands couturiers parisiens.

En quelques mois, le chiffre d'affaires doubla, suscitant d'innombrables jalousies. Mais qui, en ce début de siècle cancanier, pouvait prétendre à la sincérité ?

L'essor industriel favorisait le culte de la consommation. La Belle Epoque et ses excès pointaient. Les formes d'organisation du travail inspirées du taylorisme se répandaient, Jean Gaidon s'inspirait sans scrupule de ces nouvelles méthodes, chronométrage des temps de travail, recherche de rationalisation des gestes. Il n'était pas dupe. La situation du monde restait fragile. Mais il n'en avait cure. Le bonheur le rendait invincible.

Jean ne craignait pas, lorsque l'économie était en jachère, de mettre au chômage ses ouvriers en les licenciant. Il n'hésitait pas non plus, lorsqu'elle foisonnait, à investir en les réembauchant. Il participait comme il l'entendait à la fluctuation du monde.

Capitaliste convaincu, sa philosophie, en affaires en tout cas, consistait à se dire que les risques payaient toujours.

Le résultat était souvent concluant, rarement décevant. Visionnaire ou opportuniste, perméable aux changements, réactif dans l'adversité, Jean prospérait.

Ils avaient largement les moyens de s'offrir du personnel.

Pourtant, Garance avait congédié tout le monde après la naissance de sa fille.

Elle qui avait grandi entourée de précepteurs et autres professeurs – danse, musique, chant – tenait à être seule à organiser la vie de la maison.

C'était elle qui faisait étudier la fillette, elle qui la couvait, elle qui la soignait.

Toujours, son mari approuvait ses choix.

En tout, Garance avait beaucoup de goût.

Lorsqu'il y avait moins d'argent à dépenser, Jean et Garance restaient solidaires et se serraient la ceinture.

A sa façon, Garance participait à l'unité familiale. Jean dirigeait les affaires, elle gouvernait leur vie.

Et, en toute logique, celle de sa fille.

Henriette, à qui son père expliquait souvent qu'elle devait être gentille avec sa maman, fit très tôt leur fierté.

Craignant de les décevoir, l'enfant se tuait à la tâche. Cela convenait parfaitement à Garance.

Cette Henriette était moins jolie que la première, mais se révélait chaque jour un peu plus surdouée. Cela aussi convenait à Garance.

Jean, happé par les affaires, voyait peu son enfant. Cela convenait définitivement à Garance.

Jean et Garance avaient envie de campagne, de beauté et de calme. Ils décidèrent un jour d'investir leurs économies. La bâtisse de deux étages était en pierres, une vigne vierge courait sur les murs. Au fond du superbe parc arboré qui l'entourait, un petit lac artificiel semblait les attendre.

Jean Gaidon lissa sa barbe en observant la lueur souriante dans les yeux de Garance et Henriette. La fillette, folle de joie, sautillait.

Le bonheur étant contagieux, Jean Gaidon signa immédiatement l'acte de vente de cette maison reculée et isolée de la campagne de l'Ain.

Garance et Henriette y passaient chaque printemps et chaque été.

Une fois l'an, le 14 juillet, les Gaidon ouvraient leur somptueuse propriété pour un pique-nique entre amis. Chaque année, un photographe immortalisait l'occasion.

A six heures, la maison s'activa, Salacan rejoignit les cinq aînés dans la salle à manger.

— Papa, penses-tu toujours qu'on a tous les droits ? demanda tout de go le fils aîné.

L'ordre moral prévalait chez Salacan, cependant il n'était pas obsessionnel. Leur allure classique n'empêchait pas, dans l'intimité, un progressisme avant-gardiste, les enfants tutoyaient les parents. Cela libérait les débats, les Salacan y tenaient, eux qui avaient grandi dans un milieu où le vouvoiement était de rigueur.

Chez les Salacan, on croyait en la beauté intérieure. Le père ne parut donc pas surpris de la question et sourit à l'adolescent.

— Qu'en penses-tu, Marie ? questionna-t-il en se tournant vers une jeune fille de dix ans.

Salacan lui caressa affectueusement la joue.

— Maman dit toujours que seuls les hommes politiques ont le droit de répondre à une question par une autre, répondit effrontément la fillette.

Marie avait raison : alors qu'il exhortait les siens à ne pas mentir, à assumer leurs pensées autant que leurs actes, il ne pouvait pas sans cesse se défiler.

Ses enfants ne le lâchaient pas des yeux.

— Parce que, alors, monsieur Rette a-t-il le droit de faire grève ? lança l'un d'eux.

Monsieur Rette était leur précepteur. Il réclamait une augmentation.

— Certainement pas... L'abandon de poste n'est pas un droit.

En formulant sa réponse, Salacan, plus très sûr de lui, marqua une hésitation. Protecteur, il anticipait ce qu'allaient rétorquer ses poussins.

— Mais alors, papa, les privilèges ne sont pas abolis ! s'exclama le plus jeune des garçons.

Ses quatre frères et sœurs levèrent le doigt, Salacan fit un signe de tête pour autoriser la prise de parole anarchique puis quitta l'assemblée.

Quelque chose ne collait pas, tout cela était absurde.

Le commissaire Victor Kolvair avait étudié la liste envoyée par le malletier londonien. Il avait procédé par élimination pour se concentrer sur six soyeux. Six hommes d'un certain âge. Les seuls, parmi la liste, à avoir accès aux ateliers de soierie. Parmi eux, un certain Yves Patou. Hier, sa femme avait été assassinée et il en imputait la responsabilité au Tricoteur.

Le commissaire ralentit, coincé derrière un tracteur. Il se rappela son entretien avec Yves Patou et, en pensée, compatit avec le malheureux, si brutalement veuf.

Ce troisième cadavre l'intriguait.

Salacan et Durieux avaient procédé aux analyses des pièces à conviction prélevées chez les Patou. Aucun des résultats ne concordait avec ceux des dossiers « Ronsard » et « Inconnue du pré aux Moines ».

— Qu'est-ce que c'est que cette embrouille ? marmonna-t-il en bifurquant à droite.

Pour se sentir d'attaque, il avait fumé, avant de venir, un peu de cocaïne. En rangeant son véhicule, il repensa à son fournisseur, qui lui avait proposé de l'opium ; il avait décliné, pour cette fois.

Il ordonna à son chien, qui, abruti par la chaleur, ne demandait pas autre chose, de rester dans la voiture.

Kolvair se dirigea vers l'institut des aliénés.

La campagne paressait, il traversa le parc vallonné en rêvant à la partie de pêche qu'il s'offrirait une fois tout cela fini.

Il avait longuement réfléchi, pas beaucoup hésité, et s'était finalement décidé à rencontrer le docteur Serraggio, psychopathologiste réputée. Externe des Hôpitaux de Paris, elle avait été en 1903 la première femme candidate au concours de l'internat des asiles de la Seine, jusque-là strictement réservé aux hommes. En 1908, elle fut encore la première femme à être reçue au médicat des asiles d'aliénés. Bianca Serraggio s'intéressait aux délires chroniques à évolution systématique. Ses recherches, influencées par Freud et Ludwig Binswanger, portaient sur l'hérédité. Son approche génétique du sujet éclairait ses réflexions sur les pulsions sexuelles.

— Ça fait beaucoup pour une seule femme ! ironisa tout haut Kolvair.

Le docteur Serraggio travaillait sur des meurtriers, Kolvair avait lu ses expertises comportementales, régulièrement publiées. Elle n'était pas d'accord avec certains confères, pour elle le criminel-né n'existait pas. Comme Kolvair, elle estimait que seule la folie du monde était coupable de rendre les hommes dingues.

Le commissaire espérait beaucoup de cette rencontre.

Interviewée le matin même dans *Le Figaro*, Bianca Serraggio n'avait pas hésité à mettre en doute la culpabilité du Tricoteur dans le meurtre de la vieille soyeuse aveugle, études à l'appui. Kolvair avait remarqué puis lu l'article car le titre « Le sang d'un bistanclaque » l'avait largement intrigué.

Poétique, quoique surréaliste, voilà ce qu'il en avait pensé.

Après le fiasco de la Brigade du Tigre, le ministre avait judicieusement retourné sa veste et, dans son sillage, le procureur avait suivi.

Tous deux soutenaient maintenant publiquement la nouvelle unité scientifique. Le commissaire n'était pas dupe, les changements de cap brutaux étaient légion en politique, au moindre faux pas son équipe serait à son tour désavouée. En attendant, il aurait été stupide de ne pas saisir cette opportunité.

« Lorsque le vent tourne, il est temps de virer de bord », lui répétait son père.

C'était un marin capable de maîtriser un voilier de quarante-neuf pieds sans aucune aide, un homme solitaire qui n'obéissait qu'à sa seule passion :

l'exigence. Il ne renâclait jamais. Pour elle, il avait quitté la mère du commissaire et, au passage, leurs deux bambins. Logiquement, sa femme ne le lui avait jamais pardonné.

Kolvair ne gardait de sa présence que de vagues souvenirs, il était trop petit et était resté avec sa mère. En femme délaissée, elle avait mis le plus grand soin à démolir la réputation du père, l'accusant de tous les maux, déblatérant sur celui qui lui avait gâché sa vie. Kolvair pensa vaguement à elle, elle ne lui pardonnait pas d'avoir gardé des contacts avec lui. Sa haine d'un seul homme s'était peu à peu transformée en haine de toute la gent masculine, Kolvair l'avait compris récemment.

Le commissaire se souvint de la première fois où son père s'était présenté au pensionnat, lorsqu'il était adolescent. Il avait alors découvert et apprécié cet explorateur érudit, admiré sa culture, fait à ses côtés ses premiers pas dans les bouges. L'âge venant, il avait finalement appris à l'aimer tel qu'il était, un peu lâche et pourtant terriblement généreux. On ne pouvait jamais savoir quand il arriverait : quel marin prétendrait maîtriser les caprices de la mer, anticiper les sautes d'humeur des océans ?

Un homme petit et voûté, les cheveux blancs et fins, apparut et se présenta.

— Armand Debodin, secrétaire du docteur Serraggio, annonça-t-il en tendant sa main droite. Vous êtes le commissaire Kolvair, je suppose ?

Il portait une blouse usée ouverte sur une chemise impeccable et un pantalon de flanelle. Kolvair se demanda comment il pouvait supporter ce tissu avec cette chaleur et, désarçonné par la mollesse de la poignée de main du vieux monsieur, préféra enchaîner :

— Enchanté, monsieur. Je suis un peu en avance...

Le secrétaire le pria de le suivre.

Ils parvinrent à l'aile du bâtiment dédiée aux salles de recherches. Le secrétaire fit pénétrer le commissaire dans un bureau spacieux et aéré, puis, sans un mot, sortit et referma la porte. Kolvair supposa que c'était ici qu'il était prié de patienter.

Après plus d'une demi-heure, le secrétaire réapparut, le docteur Serraggio à sa suite. Kolvair manqua de perdre l'équilibre lorsqu'il se leva. La jeune femme qui se tenait devant lui avait le regard fonceur et une fine montre en or pour seul bijou.

Pas du genre à s'embarrasser de fioritures, pensa-t-il.

Kolvair remarqua également qu'elle n'avait pas besoin de rehausser son teint, naturellement hâlé. Le mascara noir mettait en valeur ses yeux émeraude aux pupilles d'un noir profond qu'il n'avait jamais vu auparavant et, ses cheveux longs n'étant pas coupés à la garçonne, elle affichait une allure qui détonnait dans le paysage actuel de la mode et des femmes. Cela tombait bien, Kolvair aimait la différence.

Elle non plus ne le quittait pas des yeux. A la dilatation des pupilles du commissaire, elle comprit qu'il consommait de la cocaïne. Elle en connaissait les effets pour les pratiquer, elle aussi.

Le secrétaire proposa du thé, Kolvair accepta pour se débarrasser du bonhomme.

Lorsqu'ils furent enfin seuls, l'aliéniste spécialiste en psychologie sexuelle s'enfonça dans le profond canapé, puis demanda au policier :

— Vous souvenez-vous de vos rêves, commissaire ?

Kolvair ne parut pas surpris, il lança un regard amusé et sourit.

— Bien sûr, mentit-il.

Bianca, qui était en train d'avaler une gorgée du liquide bouillant, marqua un court arrêt.

— Et vous, docteur ?

Elle rit aux éclats et l'estomac du commissaire se noua.

C'est un bon début, pensa-t-il.

Il y eut un long silence, durant lequel Bianca alluma une cigarette. Pour dissimuler son trouble, le commissaire l'imita.

— Mon collègue et moi sommes actuellement dans une impasse…

Bianca fixa les mains de Kolvair, il ne portait pas d'alliance.

— Si vous m'en montriez plus, je pourrais peut-être vous aider ?

Depuis le début, il espérait cette proposition.

Bianca demanda à son secrétaire de déplacer tous ses rendez-vous suivants. Kolvair, médusé, faisait semblant de trouver tout cela normal.

Lorsque Bianca se leva, il sentit son cœur battre la chamade. En voulant reposer sa tasse sur sa soucoupe, il la fit tomber. La spécialiste des actes manqués ne fut pas insensible à cette maladresse. Pour couronner le tout, lorsque son pouce frôla la latte du parquet, une écharde s'y planta.

— Merde !

Professionnelle, Bianca saisit son doigt.

— Sacrée pine, monsieur Kolvair... commença-t-elle.

Sa langue avait fourché, elle resta stoïque mais il parut évident à Kolvair que Bianca pensait à la même chose que lui.

Il eut la délicatesse de ne pas relever le lapsus. Il sentit qu'il était en train de rougir. Cela ne lui arrivait jamais, il fallait qu'il sorte. Ne pas rallumer le feu, faire son sac et partir, malgré le froid et le vent, comme le lui avait appris son père.

Bianca lui sourit, lumineuse. Elle était l'opposée de ses collègues et de ses élèves, figés dans le contrôle de leurs comportements et de leur langage. Au contraire, elle entretenait la spontanéité, ceci contribuait au succès de ses travaux et recherches.

Ce doit être pour cela qu'elle respecte les fous, se dit le commissaire.

Lorsqu'il sortit à sa suite, il avait retrouvé sa superbe.

Le légiste Damien Badou sifflotait une pétulante opérette italienne.

Le commissaire reconnut *Gosto e Mea*, loin d'être sa préférée. Kolvair était bon public, ce qui ne voulait pas dire qu'il n'avait pas de goût.

Il lui sembla que la légèreté du morceau était en totale contradiction avec la situation.

Le légiste approfondissait l'autopsie de Gisèle Patou ; la médecine légale était une science infinie, Badou opérait par couches successives.

Durieux s'approcha d'un poumon, découpé et posé sur une balance.

— Lors d'une expédition en haute montagne, est-il possible, selon vous, que les poumons sécrètent de l'oxygène ?

En ce début des années 1920, le mal des montagnes restait un mystère et personne n'était très sûr de ses origines. Diverses théories tentaient de décrypter comment l'oxygène passait dans le sang. Certains assuraient qu'il était diffusé par les alvéoles. Pour d'autres, sa sécrétion s'opérait par les poumons.

Badou fit une grimace sceptique.

— Contrairement à certains de mes confrères, je ne le pense pas, précisa-t-il en saisissant un scalpel.

Le jeune physiologiste, sans le contredire, prit bonne note. Le légiste continua de disséquer le larynx de Gisèle Patou.

— Avait-elle des problèmes de vue ? demanda Salacan, approchant de la table d'autopsie.

— Négatif, professeur.

Kolvair et Salacan échangèrent un regard dans lequel l'étonnement et l'incompréhension se mêlaient.

— Agressions anales ? s'enquit encore Salacan, la mine sombre.

D'un regard discret, le commissaire s'assura que Bianca tenait le coup. La jeune femme était plutôt une spécialiste des criminels, absolument pas de leurs victimes, pourtant elle ne semblait ni blême ni impressionnée.

Kolvair se tourna vers le légiste, qui avait recommencé à siffloter. Aucun doute possible, s'il existait un spécialiste des morts à Lyon, c'était Damien Badou. L'homme resterait professionnel devant le spectacle des pires tragédies.

Le larynx de Gisèle Patou était maintenant ouvert. Badou se pencha et esquissa un sourire. Il respira profondément en s'écartant, de manière à ce que le professeur Salacan prenne la relève. Ce dernier constata la présence d'un fil à l'intérieur du gosier de la victime.

— Intéressant...

Durieux se contorsionna afin de photographier le fil emberlificoté dans les cordes vocales de Gisèle Patou.

Badou cessa de siffloter et rinça ses mains dans un seau d'eau fraîche.

— Dans les deux premiers cadavres, le fil de cocon avait été inséré dans le larynx d'une manière complexe...

Kolvair acquiesça en silence. Il feuilleta son carnet pour vérifier les comptes rendus des autopsies de Madeleine Ronsard et de l'inconnue du pré aux Moines. Absorbé, il les parcourut.

— De façon à dessiner une étoile, convint-il.

— Ici, il a été enfoncé grossièrement, conclut Badou.

Kolvair, qui se trouvait aux pieds du cadavre en se gardant de les toucher, avait négligé ce détail, notamment car la presse ne l'avait pas relevé.

Salacan étira avec délicatesse le fil du larynx puis le déposa avec minutie sur la plaquette en verre que lui présentait son jeune assistant. Durieux procéda immédiatement à l'analyse microscopique de la fibre. Kolvair ne le quittait pas des yeux, il faisait une chaleur suffocante, sans fenêtre la pièce manquait d'air. Subitement, comme pris d'une fièvre délirante, Durieux tapa du poing sur la table.

— Ce n'est pas la même fibre que celle de Madeleine Ronsard et de l'inconnue du pré aux...

Abasourdi, il n'acheva pas sa phrase, enchaînant aussitôt, en se tournant vers le commissaire :

— Ce n'est même pas de la soie !

Kolvair, fatigué, alluma une quatrième cigarette.

— Ce n'est pas le même meurtrier.

L'aliéniste avait parlé avec fermeté et assurance. Les scientifiques, sceptiques, la dévisagèrent.

— Comment en être sûr ? riposta Kolvair.

— Il faudrait que je visite les trois endroits où les meurtriers ont abandonné leur victime.

Durieux écarquilla les yeux, les manières de cette femme l'excédaient.

— Pourquoi ?

Il eut soudain une pensée pour Blandine. Il avait dans l'idée de rendre visite à la jeune femme et de lui proposer de l'accompagner quelques jours en altitude.

— Lorsque je m'entretiens avec mes patients, je m'imprègne de leur univers. Je les encourage à me raconter leur enfance, leurs souvenirs...

— ... leurs rêves ? coupa Kolvair en souriant.

Bianca acquiesça.

— Puisque vos morts ne peuvent se raconter, je dois trouver un moyen pour entrer en contact avec eux.

Le commissaire, dubitatif, lui alluma sa cigarette.

— Le meurtrier des deux premières victimes est un homme intelligent et organisé. En revanche, celui qui a tué madame Patou, même si les meurtres présentent quelques similitudes, agit de façon plus grossière.

Kolvair fronça soudain les sourcils.

— Quelqu'un aurait imité le meurtrier des deux premières victimes pour se débarrasser de Gisèle Patou ?...

Le commissaire n'eut pas besoin de vérifier, c'était clair, aussi clair que la lune pleine : s'il y avait un imitateur, il avait lu dans la presse les détails des crimes et les avait reproduits.

Pourtant, un détail l'interpella :

— Certains journaux ne se sont pas gênés pour préciser que les deux premières victimes avaient subi des agressions anales...

Il n'eut pas le temps de conclure, Durieux, de plus en plus sceptique, le fit à sa place :

— Pourquoi alors Gisèle Patou n'a-t-elle pas été violée ?

Bianca enfouit ses mains dans ses poches et sourit.

— Parce que son meurtrier n'est pas un violeur, expliqua-t-elle en fixant le jeune physiologiste. Ses motivations ne sont pas sexuelles, elles sont d'un tout autre ordre.

Kolvair soupira, il ne savait pas si c'était d'admiration ou de soulagement.

— Ce qui nous permet de dire que le meurtrier de madame Patou est, selon toute vraisemblance, un de ses proches. Probablement quelqu'un de sa famille.

Badou et Salacan semblaient conquis par la jeune femme et ses explications. Durieux, quant à lui, s'avoua finalement convaincu.

Kolvair sourit, il avait bien fait de prendre les devants en allant à la rencontre de cette brillante jeune femme.

Il eut envie de lui dire qu'elle lui faisait penser à Velia, une petite colline oubliée de Rome. Depuis toujours, il préférait les métaphores aux compliments directs.

Il n'osa pas. Chaque chose en son temps.

14 juillet 1906

Henriette ignorait tout de son histoire familiale.

Personne ne lui avait jamais raconté qu'avant sa naissance une autre petite Henriette l'avait précédée.

Personne ne lui avait expliqué qu'elle avait eu une sœur aînée, morte à quatre ans des suites fatales d'une typhoïde.

Personne n'évoquait jamais ce drame, surtout pas ses parents.

Cette année, la journée du 14 juillet était chaude, le soleil haut.

Un des invités, en voyant Henriette, ne la reconnut pas. Il ne parvint à contenir son étonnement. C'était un lointain cousin parti depuis des années aux Indes pour ses affaires et rentré depuis peu. De passage à Lyon, il avait bien sûr été convié. Il ne savait pas que leur premier enfant était mort et que la fillette qui se tenait devant lui n'était pas celle qu'il avait croisée des années auparavant.

— Je ne comprends pas, elle était si jolie…

Une vieille tante le prit à l'écart pour lui expliquer la situation. Ils ne virent pas Henriette, qui s'était dissimulée sous la table pour jouer à cache-cache. Comprenant qu'ils parlaient d'elle, elle écouta.

A quinze heures, tous les enfants, rassemblés sur le perron, attendaient avec impatience l'heure de la photographie. Sauf Henriette.

Lorsque ses parents la trouvèrent, toujours prostrée sous la table, la petite fille sanglotait sans parvenir à respirer. Henriette étouffait.

Garance et ses piètres connaissances médicales ne diagnostiquèrent pas une crise d'asthme.

La première d'une longue série.

— Tout va très bien.

Ce furent les mots de Garance. Elle décréta que si l'enfant se reposait, tout irait encore mieux.

Henriette ne parvint pas à dormir, elle étouffait, étouffait.

Elle mit plusieurs heures à récupérer une respiration apaisée.

Cette année-là, pour la première fois, il n'y eut pas de photo de groupe.

Quand le commissaire s'endormit pour vingt minutes réparatrices, il pensait encore à la famille Patou et aux Ronsard. Il fit un rêve étrange.

Il était encore valide et à la pêche avec Néron. Autour d'eux, la pluie tombait dru. Ils n'étaient pas seuls.

Le professeur Salacan portait une queue-de-pie. Installé sur un radeau au milieu de l'eau vaseuse, il tenait à la main une baguette avec laquelle il battait la mesure d'une musique de Bach. Au début, Kolvair apprécia. S'il devait passer le reste de ses jours sur une île déserte, condamné à n'écouter qu'un seul compositeur, il choisirait Bach sans hésiter. Aucune musique ne le touchait aussi profondément. Pourtant, Salacan répétait toujours les quatre premières mesures et cela, au bout de quelques minutes, excéda Kolvair. Il se boucha les oreilles, malgré cela le son de la symphonie s'amplifiait.

Jacques Durieux, affublé d'une tenue d'alpiniste, marchait sur l'eau. Il ramassait des ordures. Plus il en ramassait, plus l'eau en rejetait.

Madeleine Ronsard et son mari pêchaient des truites mortes.

Un peu à l'écart, les Patou, au grand complet, rejouaient *Le Déjeuner sur l'herbe*. Une araignée piqua le jeune Patou, assis par terre. Il se mit à hurler, sa mère se précipita pour le consoler. Contre toute attente, son père s'interposa en la giflant.

Excédé par le bruit ambiant, le commissaire tenta de se lever pour quitter les lieux, mais il ne parvenait pas à bouger. Ses deux pieds étaient empêtrés dans une épaisse toile d'araignée. Il pleuvait de plus en plus fort et la brume épaisse enveloppait maintenant tout le décor. Kolvair n'y voyait plus à un mètre, seuls les sons persistaient.

Soudain, Kolvair se sentit glisser dans l'étang. Quelqu'un le tirait vers les profondeurs et l'obscurité par la jambe, la lui arrachant. Brusquement, il vit le visage de sa mère apparaître. Son corps était celui d'une araignée et elle avançait dans l'eau, Kolvair était son prisonnier, englué dans la toile qu'elle tissait.

Il se débattit tant qu'il parvint à se libérer, mais, juste avant d'écraser l'araignée, Kolvair se réveilla en sursaut et appela sa mère.

Il lui fallut un certain temps pour reprendre ses esprits et comprendre qu'il se trouvait au pré aux Moines, à quelques mètres du ruisseau au bord duquel l'inconnue avait été découverte.

Bianca Serraggio, assise à ses côtés, lui sourit. Kolvair se redressa en se passant avec nervosité la main dans les cheveux, l'aliéniste ferma le cahier qu'elle tenait sur ses genoux.

— Mon enquête de voisinage m'a indiqué que Gisèle Patou était battue par son charmant mari.

Lors de leur trajet en voiture jusqu'au pré aux Moines, Bianca lui avait relaté ses entrevues avec les voisins des Patou puis avec Christèle Scoltus, la sœur jumelle de la victime, Gisèle Patou.

— A force de la frapper, Yves Patou aura, sans le vouloir, tué sa femme, réfléchit le commissaire en sortant de son paquet une cigarette.

Il se souvint de son rêve, Yves Patou giflait sa femme. Mal à l'aise, il ne parvint pas à allumer sa tige et dut s'y reprendre à trois fois. Il tira lentement dessus puis continua :

— Dans la panique, il aura ensuite maquillé sa violence conjugale en crime du tueur récidiviste de la Croix-Rousse...

Kolvair souffla lentement la fumée, Bianca approuva d'un signe de tête. Elle cueillit un brin d'herbe et le coinça entre ses lèvres. Le commissaire était conscient qu'elle était le genre de femme avec qui on pouvait aller loin.

— Ça ne nous éclaire en rien sur nos deux premiers cadavres, pesta le commissaire en soupirant.

La lumière du jour trébuchait doucement, il jeta un œil à sa montre de gousset, déjà bientôt six heures du soir.

— Si le meurtrier de Madeleine Ronsard est le même que celui d'ici, dit soudain l'aliéniste, pourquoi n'a-t-il pas déplacé son cadavre ? Ce que je ne comprends pas non plus, c'est pourquoi il s'est acharné sur le visage de la victime non identifiée, alors que celui de Madeleine Ronsard est intact...

Le commissaire, même s'il s'intéressait à la criminologie, n'était pas, en ce domaine, aussi spécialisé que l'aliéniste.

— Il faut être sacrément fou pour tuer comme ça !

Pour le commissaire, l'urgence restait l'identification de cette inconnue.

— Cela dépend à quelle folie vous faites référence, Victor...

Comme Salacan et Badou, elle avait côtoyé Alexandre Lacassagne, ce médecin légiste lyonnais réputé pour son opposition farouche aux thèses du « criminel-né » de son homologue italien Cesare Lombroso.

Kolvair n'était pas sans savoir que Lacassagne avait remporté, en 1889, un incontestable succès en identifiant le cadavre décomposé de l'huissier Toussaint-Augustin Gouffé, assassiné quatre mois plus tôt par Michel Eyraud et Gabrielle Bompard. Le commissaire n'ignorait pas non plus que, dans la soirée du 24 juin 1894, lorsque Sadi Carnot fut assassiné à Lyon d'un coup de poignard par l'anarchiste Caserio, Lacassagne avait été appelé, avec de nombreux collègues, à pratiquer l'autopsie du président de la République. Ses déroutants travaux étaient guidés par une approche sociale, voire sociologique, mais le commissaire en ignorait les détails. Lui revint furtivement en mémoire l'élégance du vieil homme, aujourd'hui en retrait des mondanités.

— Les deux victimes ont le même âge, affirma l'aliéniste, comme si cette évidence contenait la clé du mystère.

Le commissaire, attentif, acquiesça. Elles avaient en tout cas plus de soixante-cinq ans. Pour ne pas se laisser déconcentrer, Kolvair s'obligea à ne pas regarder Bianca.

— Le meurtrier ne les a pas choisies au hasard.

Le commissaire nota cette précision dans son carnet en se disant que la jeune femme possédait une diction diabolique et sensuelle, une voix pareille au ciel d'Athènes en automne, quand soleil et nuages cohabitent en toute quiétude…

— Prenons Madeleine Ronsard. Elle a été trouvée face contre terre. Les mains étaient liées à l'aide d'une cordelette et les pieds avec un morceau de tissu arraché à sa robe. Elle a été étranglée.

Kolvair, redescendu sur terre, acquiesça.

— Concernant l'inconnue du pré aux Moines, le fait que la victime soit recouverte indique un sentiment de culpabilité.

Kolvair opina, un brin admiratif.

— Cette pénétration d'un corps étranger dans l'anus de la victime, au lieu de son vagin, m'intrigue. Elle doit bien avoir un sens…

Il n'avait pas de moustache ni de barbiche à triturer, il frotta sa main sur son menton.

— Celui qui s'est acharné sur ces deux vieilles dames serait impuissant ?

Kolvair ne savait pas comment il en était arrivé à cette conclusion, sans doute fréquenter l'aliéniste l'inspirait-il.

Elle prit le temps de noter cette idée dans son cahier et le commissaire fit de même. Pour la première fois, il remarqua qu'elle écrivait de la main gauche et se demanda, amusé, s'il n'avait pas affaire à une mutante.

— Selon vous, que signifie le fil de cocon déposé dans la gorge ?

Déconcerté, Kolvair lança son mégot dans le ruisseau en se raclant la gorge. Il s'était posé cette question, mais n'avait pas encore affûté ses conclusions.

— Le tueur est minutieux, il l'a placé avec des ustensiles de canut, indiqua-t-il.

Bianca ne broncha pas. Elle l'écoutait, attentive.

— Le larynx a été découpé en forme d'étoile grâce à une force en argent, et le légiste est en mesure d'affirmer que les deux victimes étaient encore vivantes. Ce n'est pas cela qui les a tuées.

Kolvair évita de lorgner avec trop d'insistance les longues jambes croisées de Bianca. Il ne se rappelait pas en avoir déjà vu d'aussi sculptées et il sentit son cœur à nouveau s'agiter. Il s'obligea à regarder loin devant lui.

— Le meurtrier a besoin de faire souffrir ses victimes, des femmes d'âge mûr, pour les dominer. C'est quelqu'un qui a probablement eu une mère castratrice, énonça l'aliéniste.

Kolvair médita. Toutes les mères ne l'étaient-elles pas ?

27 septembre 1906

Henriette Gaidon ne connaissait de la nudité que celle de son corps. D'ailleurs, personne non plus ne l'avait jamais vue dévêtue. Excepté, cela allait de soi, sa mère, laquelle depuis quelques mois lui attachait tous les matins, sous d'épais jupons, une encombrante ceinture en fer qui comprimait son sexe et lui faisait mal.

Rares étaient les amies d'Henriette. Encore plus rares, celles autorisées à entrer dans la maison des Gaidon.

Telle une faveur qu'un roi accorderait parfois à son fou, Garance accepta d'accueillir quelques jours la fille d'une de leurs dessinatrices sur soie, hospitalisée. La fillette, prénommée Pauline, était apeurée et inquiète pour sa maman, elle n'avait personne d'autre au monde.

Dès l'arrivée de la petite Pauline, Garance força Henriette à garder sa ceinture en fer même la nuit.

Obéissante, Henriette ne la contredit pas.

Un soir, à l'heure du bain hebdomadaire de l'enfant, Henriette entra dans la salle de bains sans frapper. Elle voulait faire une surprise à sa mère et ne fit pas de bruit.

Pauline gazouillait dans l'eau, Garance lui souriait, aucune ne remarqua la présence d'Henriette.

Celle-ci, qui n'avait vu aucun autre corps que le sien, découvrit, stupéfaite, la nudité d'une autre petite fille : Pauline n'était pas faite comme elle.

Intriguée et curieuse, elle s'approcha.

Lorsque Garance la remarqua, elle lui couvrit les yeux pour l'empêcher d'en voir plus et, blême, la porta dehors.

— Tu n'as rien vu ! lança-t-elle finalement en enfermant Henriette dans un placard.

Salacan n'était pas fatigué, pourtant une certaine fébrilité le gagnait, signal lui indiquant qu'il y avait urgence à s'arrêter quelques minutes.

Temps de pause, temps de pose, songea le professeur.

Depuis la découverte du premier cadavre, aux abords du pré aux Moines, puis de ceux de Madeleine Ronsard et madame Patou à la Croix-Rousse, Salacan n'avait quasiment pas touché terre.

Deux semaines, déjà, se dit-il.

Deux semaines à courir entre le laboratoire du palais de justice – expériences, résultats, vérifications –, la faculté de sciences – cours, colloques –, ses obligations mondaines – rendez-vous avec son éditeur, déjeuner avec Edmond Locard et Alexandre Lacassagne – et l'appartement – enfants à amuser, épouse à écouter...

— J'aimerais que ce soit le contraire... soupira-t-il.

L'imminent départ de Justine, son épouse, tracassait le professeur. C'était en général lui qui voyageait. La communauté scientifique du monde entier étant une grande famille, il n'était pas rare que Salacan s'absentât pour la visiter.

Il avait la phobie des départs, les faux comme les vrais.

En 1912, il aurait dû se trouver sur le *Titanic*, mais avait, au dernier moment, reporté son voyage. Le naufrage du paquebot, colosse à la réputation pourtant fiable, le traumatisa définitivement.

S'il lui arrivait malheur, il avait tout prévu, son épouse et ses enfants seraient à l'abri du besoin. En revanche, si Justine était victime d'un accident, comment ferait-il ? Il pensait surtout à leurs enfants. Elle était tout pour eux.

— Et pour moi donc... rêva-t-il.

Justine se rendait à Lourdes pour le pèlerinage diocésain annuel. Soucieuse de le rassurer – Salacan redoutait les accidents ferroviaires, dévastateurs –, elle s'était arrangée pour partir avec Isabelle et Philomène Rocher en voiture. Salacan chassa ses idées noires, il fallait qu'il veille à ne pas inquiéter Justine avec ses angoisses, elle avait suffisamment de problèmes à gérer. Elle se réjouissait tant de cette première escapade dans la cité miraculeuse. D'ailleurs, si elle avait choisi d'aller seule à Lourdes, c'était pour leur Suzanne. Elle le lui avait confié. Elle se rendait à Lourdes avant tout pour prier pour sa guérison.

— Notre Suzannette, murmura-t-il en souriant.

Au fond, Justine ne serait absente qu'une dizaine de jours.

Un tramway apparut au bout de l'avenue. Contrairement aux autres moyens de communication, les transports en commun municipaux ne le rebutaient pas, sans doute leur taille humaine avait-elle quelque chose de rassurant. Le professeur vérifia qu'il s'agissait bien de la ligne 32 et le héla.

En revanche, pour courir le monde, rien ne valait les récits de Jules Verne.

Kolvair, frais malgré le manque de sommeil, claudiquait en descendant les marches du palais de justice. Il sifflota. Rue du Bœuf, il admira l'orgueilleuse enseigne du restaurant L'Outarde-d'Or – sculptée dans la pierre, elle mettait en scène ce coq d'Inde, réputé lent et à chair fine, rapporté en Europe par Christophe Colomb et plus connu sous le nom de dinde –, accompagnée d'une inscription que le commissaire ne se lassait pas de lire : *Je vaux mieux que tous les gibiers*.

Tandis qu'il avançait, il pensa à une recette typiquement lyonnaise de pâté en croûte à base d'outarde hachée et composé de tétines de truies, de chair de brochet, d'œufs, de pignons de pin, de becfigues, le tout mouillé de vin et de *garum* – cette macération d'entrailles de poissons avec des herbes –, le tout incorporé dans la pâte.

Chez Blandine, attablé solitaire, il commanda une soupe à l'oignon et se mit à lire *Le Progrès*. La une titrait bien évidemment sur le dramatique événement qui avait eu lieu la veille : le président Paul Deschanel s'était grièvement blessé en passant par la fenêtre de son train. La piste de la tentative d'assassinat était pour l'heure fortement remise en cause. On émettait l'hypothèse que le président de la République avait surdosé un médicament, le Trional.

Kolvair poussa un long soupir, se demandant si les journalistes ne se complaisaient pas à monter la moindre chose en épingle.

Blandine posa devant lui un bol fumant et, en avisant la photo du Tricoteur sur la première page du journal, écarquilla les yeux. Elle n'eut pas le temps de s'expliquer, un client l'interpella.

Sur une photo en pied, Yvon Figeac paradait, les menottes aux poignets.

Le reporter n'avait pas craint d'user de stratagèmes. Déguisé en maton, il était parvenu à s'introduire dans la cellule de Figeac, incarcéré à la prison Saint-Paul.

Grâce au subterfuge de son reporter, le quotidien lyonnais révélait à la France le visage du célèbre gentleman cambrioleur. Le Tricoteur, pour la première fois, posait sans son masque noir, celui qui avait fait sa réputation. C'était un événement, mais surtout une aubaine pour *Le Progrès :* il s'était vendu comme des petits pains frais et la direction du journal avait pris la décision, en urgence, de retirer une nouvelle édition. Kolvair connaissait suffisamment la presse pour se douter que c'était une excellente opération commerciale.

Le quotidien, un brin racoleur, informait que le prochain numéro contiendrait d'autres clichés inédits du Tricoteur.

Au moins, ça détourne l'attention de l'opinion du véritable tueur de la Croix-Rousse... pensa Kolvair en se régalant.

Yvon Figeac avait environ cinquante ans et des rouflaquettes. Il ressemblait à un aristocrate anglais, Kolvair reconnut qu'il avait une bonne tête, celle d'un homme à qui on donnerait le bon Dieu sans confession. Pas étonnant qu'il ait séduit ses victimes avant de les plumer, songea Kolvair.

Le Tricoteur posait sans complexe, sourire narquois, regard illuminé, et Kolvair en resta pantois. Malgré les preuves scientifiques qui le disculpaient, l'homme persistait à s'incriminer dans les meurtres des trois femmes de la Croix-Rousse. Il n'hésitait pas à en rajouter, calomniant Yves Patou et sa grossière imitation.

Yvon Figeac, à l'instar de l'inspecteur Legone, avait la gueule cassée. Kolvair fut frappé par la décontraction qui émanait de son visage. Le commissaire chercha ses cigarettes. Cette fichue guerre avait marqué un franchissement du seuil des brutalités infligées jusque-là aux corps des combattants. Jamais, dans les conflits antérieurs, l'activité guerrière n'avait induit de tels dégâts corporels : plus de soixante-dix pour cent des blessures avaient été causées par des projectiles d'artillerie.

Et je sais de quoi je ne parle pas, songea Kolvair en fixant son moignon.

Il ne trouvait pas ses cigarettes et il pesta.

Bianca entra, talonnée par Jacques Durieux. Elle ne vit pas immédiatement le commissaire, le bistrot était bondé à cette heure.

Blandine était en plein coup de feu, pourtant Victor Kolvair nota que les yeux de la jeune femme, en avisant le beau physiologiste, brillèrent. Le commissaire en conclut qu'ils se connaissaient. Ensuite, Blandine prêta attention à Bianca, et une pointe de jalousie perça sous son regard.

Le commissaire sourit – les femmes ! – et attendit que Bianca le remarque. Enfin, leurs yeux se rencontrèrent. Elle le héla, le commissaire s'essuya la bouche en la regardant s'approcher. Les hommes admiraient, mine de rien, la silhouette de la jeune femme, sa démarche énergique. Bianca, les ignorant, s'assit le plus naturellement du monde en face de Kolvair.

Je vous en prie, bella donna, dit-il en lui-même.

Tout son être se détendit et cela lui coupa l'appétit.

— Bonjour, Victor, je vous cherchais...

Le commissaire réfréna une envie de se pencher pour l'embrasser.

— Jacques Durieux a eu la gentillesse de m'accompagner jusqu'ici.

Elle sourit en précisant cela, le commissaire remarqua que *Le Progrès* dépassait de son sac à main.

— Il a bien fait, répondit Kolvair en souriant à son tour.

Il regarda en direction du bar, où Jacques Durieux et Blandine, de toute évidence, étaient en pleine discussion.

— Votre repaire ?

Elle ne chercha pas à meubler le silence lorsque Kolvair ne répondit pas. Il plia son journal, trouva enfin son paquet de cigarettes et en alluma une. Il n'en proposa pas à Bianca, elle fumait des blondes et les siennes étaient brunes.

— J'aimerais m'entretenir avec le Tricoteur... commença l'aliéniste en retirant sa veste.

Stupéfait, Kolvair la fixa. Bianca ouvrit la bouche puis la referma, elle tendit le bras vers le pot lyonnais, se versa un peu de vin et but une gorgée.

— Pourriez-vous m'obtenir une autorisation, Victor ?

Autant il détestait lorsque Pierre Rocher prononçait son prénom, autant Bianca l'énonçait clairement et suavement et il trouvait cela fort agréable. Il ne l'avait plus entendu dans la bouche d'une femme depuis belle lurette. Il se redressa, posa ses coudes sur la table, une lueur dans ses yeux.

— Et pourquoi ferais-je cela ? s'enquit-il.

Il n'eut pas le temps de continuer, Blandine arrivait, derrière Bianca, portant un café dans chaque main.

— Je vous l'ai dit, Victor, j'aimerais m'entretenir avec lui…

Elle n'avait pas vu Blandine qui la toisait, postée derrière elle.

— Son cas est passionnant, vous ne trouvez pas ? ajouta-t-elle tout en remarquant la jolie patronne.

Blandine lui envoya un sourire crispé, puis se tourna vers le commissaire. Kolvair nota sa posture arrogante.

Avec les femmes, il redoutait le pire. Il redoutait d'ailleurs tout autant le meilleur. C'est pourquoi il coupa court à l'animosité grandissante :

— Blandine, je te présente le docteur Serraggio.

Bianca hocha la tête, Kolvair la trouva décidément ravissante.

— Bonjour, Blandine, dit-elle avec délicatesse.

— Salut, répondit Blandine sans lui accorder le moindre regard.

Elle déposa une des tasses devant Kolvair.

— Alors, mon canard, ça t'a pas plu ? demanda-t-elle sèchement en débarrassant l'assiette de soupe encore à moitié pleine.

Blandine restait la dernière d'une certaine époque à appeler Kolvair par ce sobriquet et celui-ci se sentit rougir.

Il connaissait Blandine et son frère aîné, Romain, depuis qu'il avait coffré ce dernier, en 1910.

Blandine tourna les talons et s'éloigna.

— Elle est très jolie, apprécia Bianca, amusée.

Le commissaire ne fit aucun commentaire. Il avait été, avant la guerre, l'amant de la jolie patronne. Il reposa sa tasse, veillant à ne pas l'ébrécher, puis aspira une bouffée de tabac.

— Son cas est passionnant, je vous l'accorde, ironisa-t-il.

Bianca éclata de rire, elle était radieuse, le commissaire aux anges, la présence de cette femme lui devenait naturelle.

— Plus sérieusement, reprit le commissaire, j'ai du mal à saisir qu'un homme persiste à s'accuser de crimes qu'il n'a pas commis.

— Il a besoin de soins, affirma la spécialiste.

Le commissaire, surpris par la véhémence de la psychiatre, écrasa en silence et consciencieusement son mégot dans le cendrier.

— Ne pas lui venir en aide serait trahir mon serment d'Hippocrate, ajouta-t-elle, l'air grave.

Bianca sortit du fatras de son sac à main un cahier épais et noirci, lu et relu. Elle l'ouvrit à une page précise et Kolvair remarqua que les marges étaient annotées, certaines lignes soulignées, quelques mots entourés. Les yeux de l'aliéniste balayèrent le texte avec fulgurance, soudain elle tapota de son index le papier, indiquant une phrase soulignée.

— « La kleptomanie ou la dipsomanie révèlent souvent un caractère de pseudomanie paroxysmale », récita-t-elle.

Elle claqua l'épais cahier et le tendit à Kolvair, totalement désarçonné.

— Une de mes thèses, précisa-t-elle.

Soulagé, il lut le titre, *Diagnostic expérimental des pulsions*, écrit avec une plume large et épaisse sur la couverture en carton, et, intrigué, saisit le cahier. Il le feuilleta puis le reposa sur la table, le protégeant des miettes.

— Je pense que cet homme souffre de paraphrénie, observa l'aliéniste en rangeant son cahier.

Le commissaire suivit du regard la sortie de Jacques Durieux – il en faisait des tonnes pour amuser Blandine – puis se rappela que, chez Freud, le paraphrénique se distinguait par deux caractéristiques importantes : la mégalomanie et le narcissisme. Il ne fut pas certain d'avoir compris en quoi elles concernaient le Tricoteur et cela dut certainement se voir, car la belle aliéniste pointa vigoureusement sur la une du *Progrès* la photo du Tricoteur.

— Regardez bien ce cliché, Victor…

Son ton était professoral et le commissaire l'entendit comme un honneur.

Il saisit sa loupe et examina l'arrière-plan de la photo. Le cambrioleur défiguré posait dans sa cellule et, sur le mur derrière lui, plusieurs esquisses étaient accrochées. Kolvair, intrigué, se pencha sur sa loupe et fronça soudain les sourcils. Il s'agissait de dessins représentant le Tricoteur, certains le figuraient avec une couronne, d'autres sur un piédestal. Le commissaire rangea sa loupe.

— Pas banal, effectivement, monsieur s'aime.

— Vous n'ignorez pas, Victor, que le visage est le lieu le plus humain de l'homme.

Attentif, le commissaire s'enfonça dans sa chaise. Il remarqua Blandine qui le fixait depuis le bar et se détourna car la jeune patronne le fusillait de son regard noir.

— Il est un carrefour à la fois esthétique et fonctionnel, enchaîna Bianca. D'ailleurs, toutes les atteintes à son endroit déterminent de graves infirmités. Défiguré, le blessé se trouve alors confronté à l'expérience du démantèlement de sa personnalité. Il s'expose ainsi à une double violence. La première est liée à la difficulté de reconnaître un visage qui n'est plus le sien. La seconde procède de la modification de la relation à autrui, nécessitant l'élaboration de nouveaux rites d'interaction…

Kolvair songea un bref instant à Legone et écouta attentivement le couplet de l'aliéniste, sans parvenir à décoller ses yeux de la photographie en noir et blanc du Tricoteur. La greffe de sa joue avait été laborieuse, les cicatrices, noircies par l'impression, semblaient tièdes. Kolvair passa son doigt sur la photo.

Il avait lu un reportage d'Albert Londres sur ces millions d'hommes qui, du jour au lendemain, s'étaient réveillés de l'horreur avec une gueule fissurée, parfois boursouflée, et devaient supporter d'être sans cesse dévisagés, voire, la plupart du temps, montrés du doigt, tels des monstres de foire. Albert Londres accusait la lenteur administrative de la reconnaissance de leur handicap, qui incluait le paiement de pensions, des millions de francs. Le gouvernement, exsangue, rechignait à payer sa dette. Le chômage, les difficultés économiques, tout cela rendait les gens hargneux. Ils ne lâcheraient pas.

L'opinion française débattait, à Lyon le procureur Rocher ne cachait pas la sienne, clamant publiquement qu'il ne fallait pas payer. Comme lui, nombreux étaient ceux qui estimaient que les familles des blessés de guerre avaient le devoir de subvenir aux frais de santé des leurs.

Tant pis pour ceux qui sont sans famille ! pensa le commissaire.

Bianca Serraggio sortit une cigarette, Kolvair la lui alluma puis en profita pour en fumer une nouvelle.

— Le Tricoteur est un être meurtri qui ferait tout et n'importe quoi pour qu'on le remarque, affirma-t-elle.

Le commissaire avait du mal à ne pas garder les yeux sur le très profond décolleté de la belle scientifique.

— Surtout n'importe quoi ! ironisa le commissaire en levant ses sourcils.

— Ne le jugez pas, Victor, murmura l'aliéniste en lui envoyant un sourire rassurant et bienveillant, un sourire que Kolvair eut envie de croquer dans son carnet.

Les bruits des assiettes qui s'entrechoquaient dans la salle empêchèrent le silence de s'installer, Kolvair se racla la gorge. Il semblait s'accorder un délai de réflexion avant de décider s'il autorisait ou non Bianca à étudier le cas du Tricoteur.

— Quand voulez-vous le voir ? lui demanda-t-il soudain.

Il n'avait pas beaucoup de temps, mais il se rendait justement au palais pour interroger Yves Patou.

Le hasard faisait bien les choses. La cellule dans laquelle avait été placé le Tricoteur pour un énième interrogatoire se situait aussi dans le sous-sol du palais de justice.

— On pourrait y aller ensemble, se plut à imaginer Kolvair en rangeant dans sa poche son paquet de cigarettes et son briquet.

En guise de réponse, Bianca élargit, mutique, son sourire espiègle et le commissaire comprit qu'elle espérait plus qu'une simple question.

— Maintenant, bonne idée, réagit-il en se levant.

Ravie que le commissaire prenne les choses en mains, l'aliéniste fit de même.

— Ce serait... commença-t-elle sans pouvoir conclure.

— Un bon début ? proposa Kolvair.

Il aima la complicité qui se dessinait entre eux. Chez cette belle femme, cela se caractérisait par l'apparition d'une discrète fossette, et, sans complexe, Kolvair trouva cette réaction extrêmement flatteuse et plaisante.

En rejoignant le palais de justice par la passerelle qui enjambait la Saône, le regard affrontait ses vingt-quatre colonnes.

De style corinthien, elles rappelaient irrémédiablement les barreaux d'une prison. Le commissaire, au fond de lui, restait convaincu que Baltard, en dessinant le palais, avait conçu une allégorie de l'enfermement. Il n'osa faire part de cette réflexion à la psychiatre.

— Vous savez, monsieur Patou, ce sont des choses qu'on peut comprendre, mentit Kolvair.

L'interrogatoire – un moment clé dans une enquête de police scientifique, certainement pas son aboutissement – durait depuis plus d'une heure et l'homme persistait à nier les accusations de violence conjugale sur Gisèle Patou, son épouse. Le commissaire ne s'impatienta pas, il avait tout son temps : le professeur Salacan n'allait pas tarder à être en mesure de lui communiquer les résultats de certaines analyses et la séance, le policier n'en doutait pas, prendrait alors un nouveau souffle.

Comme dans un opéra, se dit-il.

Lorsqu'on n'ignorait pas le délabrement et la promiscuité des prisons françaises, la salle d'interrogatoire de la police judiciaire lyonnaise n'en était qu'un vague et bien modeste avant-goût. Au sol, la terre, d'avoir été foulée et refoulée, était devenue aussi dure que du marbre. Une table rectangulaire séparait le suspect de ses interrogateurs, il y avait dessus un lourd Code civil que Legone avait l'habitude d'utiliser pour cogner sur les suspects.

Yves Patou se tenait assis sur une chaise inconfortable. Des clous en métal doré entouraient le dossier de l'assise. A première vue ils semblaient innocents, presque accueillants. En réalité, ils étaient disposés de manière à être un supplice et Kolvair, pour en avoir testé le confort, le savait pertinemment.

Ces clous retenaient le suspect sous tension perpétuelle, idéale incitation aux aveux. Or, Patou y semblait totalement insensible.

Le commissaire remarqua une goutte de sueur sur la tempe du suspect, il suivit des yeux la transpiration, elle fissurait la peau, telle une cascade sans source.

— Personnellement, je ne pense pas que l'homme soit fait pour vivre en couple... reprit Kolvair. Encore moins avec une femme, ajouta-t-il, très sérieux.

— Puisque je vous dis que je l'aimais ! aboya soudain le suspect en se levant brutalement.

Aussitôt, deux gardiens, postés derrière lui, le rassirent avec fermeté. Patou ne leur opposa aucune résistance, pourtant le commissaire avait obtenu ce qu'il attendait : le suspect commençait à perdre pied.

— Personne n'a dit que c'était incompatible. C'est bien là le problème, ajouta-t-il en baissant la voix.

Tel un éclair, revint à la mémoire de Kolvair son récent rêve et il ressentit presque une certaine compassion pour cet homme qui s'enfonçait dans ses mensonges.

Il perçut le tintement d'un trousseau qu'on maniait, puis celui d'une clé qu'on introduisait dans le verrou de la porte capitonnée.

Il n'eut pas le temps de reprendre la parole : le procureur Rocher, l'inspecteur Legone et un troisième homme firent irruption. Que signifiait la présence de ce jeune juge que le commissaire avait eu l'occasion de croiser dans les couloirs du palais de justice ? Surtout : pourquoi Colbert n'était-il pas là ? Les déclarations du ministre et les bruits qui couraient concernant son imminente venue improvisée à Lyon justifiaient-ils l'absence du juge chargé de l'enquête ? La pression montait, tout le monde commençait à être sur les nerfs et dans ces moments-là Kolvair redoublait de vigilance afin de ne pas s'emporter. Sortir de ses gonds était si facile, il prenait garde à ne pas y céder.

« Toujours se méfier de la facilité, Victor. Toujours, tu m'entends ? » lui assénait son père.

Patou avala discrètement sa salive.

— Où en est-on, ici ? demanda Pierre Rocher d'une voix totalement atone.

Yves Patou baissa les yeux, le commissaire ne se leva pas. Il nota que les trois hommes portaient un complet marron les rendant identiques. Or, Kolvair ne cachait pas son scepticisme face à l'uniformité. Il se méfiait de la mode.

— Le suspect n'a pas encore reconnu les faits, mais les prochains résultats de nos analyses scientifiques ne devraient pas tarder à le confondre.

— Quand, précisément ? s'enquit le juge, impatient.

Le magistrat en avait de bonnes !

— D'une minute à l'autre, assura Kolvair, absolument pas décontenancé.

Il tapota du bout de sa canne la terre poussiéreuse, s'accordant un instant de réflexion. Pourquoi Legone restait-il en retrait, lui habituellement si généreux en remarques désobligeantes ?

Le commissaire toussota. Les gens confondaient sincérité et mensonge, vitesse et précipitation, approcher la vérité prenait du temps. De toute façon, le suspect était sous le choc, cela n'aurait servi à rien de le brusquer.

— Le juge Colbert est… parti en vacances, énonça difficilement le procureur Rocher.

Le commissaire comprit la présence du jeune juge. L'enquête concernant les meurtres de Madeleine Ronsard et de l'inconnue du pré aux Moines venait de lui être confiée.

Il sortit de son paquet une cigarette mais ne l'alluma pas immédiatement, espérant que son contentement n'était pas trop visible. Rocher estimait Colbert, cette mise à l'écart savamment orchestrée avait dû lui coûter.

On y était. Le vent tournait. Bien sûr, ce n'était pas encore le mistral, plutôt une légère brise. Quand même, on pouvait s'en réjouir.

— Legone reste avec moi ?

Rocher était mal à l'aise, il lui tardait de quitter ce lieu inhospitalier. Le procureur n'avait jamais été client des cellules d'interrogatoire, elles le rebutaient. Legone, adossé au mur, ne bougeait pas, les yeux rivés sur le suspect.

— Je ne pense pas qu'il te dérangera.

Le commissaire comprit que Rocher sous-entendait qu'il avait certainement ordonné à l'inspecteur de la mettre en veilleuse.

Avant de sortir à la suite du procureur, le jeune juge tendit la main à Kolvair.

— Marcel Puzin. Je suis très honoré de travailler avec vous. Vos méthodes novatrices d'investigation sont une chance pour notre justice.

Le commissaire sourit en lui serrant la main, les alliés étaient trop rares pour être négligés.

— Enchanté, monsieur le juge, rétorqua-t-il chaleureusement.

C'était un très bel homme, le commissaire dut reconnaître que le complet noisette, assorti à ses yeux, avantageait son allure de dandy.

Le suspect transpirait beaucoup. De toute évidence, cette pause l'avait déstabilisé et Kolvair le remarqua.

— Jamais, monsieur le policier, jamais je n'aurais levé la main sur ma Gisèle, répéta l'homme.

Impassible, Kolvair lui proposa une cigarette, Patou l'accepta d'une main tremblotante. Legone s'approcha et la lui alluma.

— Je vais te faire un cadeau...

Avant que Kolvair ait le temps de l'en empêcher, l'inspecteur donna un violent coup de pied dans la chaise de Patou, le déséquilibrant.

— Nom de Dieu, Legone, arrête tout de suite !

Ignorant l'injonction du commissaire, Legone rattrapa l'homme par le col et colla ses lèvres sur son oreille :

— Espèce de pourriture, si c'est toi qui as fait ça à ta femme...

La tête lui tournait, il voyait rouge, ses souvenirs d'enfance, puissamment refoulés, remontèrent d'un seul jet.

Legone s'appelait en réalité Maurice Sourant.

Lorsque le vrai Julien Legone mourut sur le front, Maurice Sourant profita de l'occasion pour usurper son identité. Et, avec elle, toute la vie de Legone.

Fils d'un boucher de Picardie, Maurice Sourant, né en 1887, était l'aîné d'une nombreuse fratrie. Son géniteur – c'était ainsi que, dans ses pensées, l'inspecteur appelait son « vrai » père – était un homme grossier et fruste qui passait son temps à engrosser sa femme. Lorsque, épuisée par quatorze accouchements, elle mit un terme à leurs relations sexuelles, cela décupla sa violence. Il devint comme fou, défoulant sa rage sur son fils aîné. Tout était prétexte à une raclée. Afin de protéger ses sœurs des violentes colères de leur père, Maurice encaissait en silence, courbant l'échine, rongeant son frein.

Enfant, déjà, il rêvait d'être un autre, enviant les garçons de son âge qui avaient eu la chance de ne pas être nés dans la famille Sourant. Le jour, il était le garçon boucher exemplaire aux yeux de son géniteur. La nuit, il étudiait en silence et en cachette.

A douze ans, il assista, subjugué, à une projection du premier film de l'histoire du cinéma, réalisé par Auguste et Louis Lumière. Ces quarante-cinq secondes d'images en mouvement, filmées à la sortie de l'usine familiale lyonnaise, bouleversèrent Maurice.

Passionné de droit, de musique et de photographie, il s'instruisit, dévorant les livres qu'un des notables du coin, avec qui il s'était lié d'affection, lui prêtait sous le manteau, à l'insu de son père.

Lorsqu'il eut vingt-cinq ans, Maurice Sourant perdit sa mère.

Ce jour-là, pour la première fois, il tint tête à son géniteur.

Deux ans plus tard, la mobilisation générale sonna et il quitta sa Picardie, comme on fuit un tyran.

Appelé à rejoindre le 77e régiment d'infanterie, il fit la connaissance de Julien Legone. Cet inspecteur de police originaire de Lyon lui ressemblait – même âge, même corpulence – et les deux hommes se lièrent d'amitié.

Sur le front, se raconter remplissait les interminables heures à tuer.

Ainsi, Maurice Sourant écouta Legone relater sa ville, ses enquêtes, les secrets de la Brigade du Tigre, sa vie, ses souvenirs, sa famille. Puisque Maurice ne recevait jamais aucune lettre des siens, Julien lui accorda de lire les courriers que sa mère lui envoyait et Maurice les apprenait par cœur.

En ressassant en silence la vie de ce compagnon de tranchée tellement plus chanceux que lui, il se l'appropria.

Un matin, alors que l'offensive battait son plein, un obus les surprit. Legone agonisait, Maurice ne sentait plus son visage et tout alla très vite. Maurice Sourant bascula. Il acheva Julien Legone, bien décidé à profiter de ce coup du destin pour voler l'identité de son compagnon lyonnais.

Il repensait souvent à ce moment charnière, ce moment où il avait échangé sa plaque d'identité militaire – Maurice Sourant, matricule P5957 – avec celle du cadavre de Julien Legone, matricule B678. Plus tard, ils furent évacués ; Maurice Sourant fut déclaré mort, Julien Legone grièvement blessé, tragiquement défiguré, totalement méconnaissable mais sauf. Officiellement.

Après des soins intensifs pour tenter de lui rafistoler la gueule, il rentra « chez lui », à Lyon – ville dans laquelle il n'avait jamais mis les pieds – et « ses » parents, si heureux de retrouver leur fils – il était vivant, c'était tout ce qui importait –, l'accueillirent les bras ouverts. Il retrouva sa place d'inspecteur, sa hiérarchie n'y vit que du feu.

Tout avait été si facile : il s'appelait désormais Julien Legone, il *était* Julien Legone, et non plus Maurice Sourant, ce gamin de Picardie aux souvenirs empreints de cris étouffés, ceux de sa mère, lorsqu'elle encaissait les coups de son mari.

Tout aussi brutalement, Legone lâcha Patou. Lequel, déséquilibré, tomba par terre. Pour finir, l'inspecteur le gratifia d'un puissant coup de pied dans l'abdomen.

— Suffit ! intervint Kolvair.

Legone fulminait, frappant son poing dans la paume de son autre main, tel un boxeur pressé de reprendre le combat, mais il obtempéra, ravalant ses souvenirs secrets.

Il fallut un moment avant que la tension ne redescende d'un cran. Kolvair pensa à Bianca en train de s'entretenir avec Yvon Figeac, dans la pièce adjacente. Il tendit l'oreille mais, les salles d'interrogatoire étant capitonnées, il ne perçut aucun bruit. Il eut soudain hâte de la revoir.

J'espère qu'elle aime la pêche, songea-t-il en regagnant sa place.

Au même moment, le professeur Salacan entra – tout ce remue-ménage avait masqué le bruit de ses pas – et Kolvair sentit le soulagement l'envahir. Salacan s'installa à ses côtés, en face d'Yves Patou, faisant glisser sur la table un dossier à l'intention du commissaire. Kolvair l'ouvrit. Il s'agissait des conclusions transmises par le légiste Damien Badou.

L'autopsie de Gisèle Patou révélait de multiples fractures anciennes. Kolvair retint un haut-le-cœur, se pouvait-il que son mari lui ait infligé tous ces coups ?

— Monsieur Patou, êtes-vous certain de ne pas avoir besoin d'un avocat ? questionna-t-il sans lever les yeux du rapport.

— Mais enfin, qu'est-ce que vous me chantez ? Puisque je vous dis que non !

Salacan ajusta ses lunettes.

— Monsieur Patou…

Le suspect se redressa, le commissaire nota une crispation dans sa mâchoire.

— ... depuis quand étiez-vous marié à Gisèle Scoltus ?

— Elle s'appelait Gisèle Patou ! C'était ma femme et je l'aimais ! gronda l'autre, furieux.

Le commissaire se souvint alors qu'un des clients des Voraces avait spécifié que le couple se côtoyait depuis vingt-quatre ans, il l'avait consigné en se faisant la réflexion que ça ne lui était jamais arrivé de passer plus de deux ans avec une femme.

Kolvair comprit le raisonnement du professeur Salacan. Le professeur avait procédé à la datation des fractures osseuses de Gisèle Patou et aucune d'elles n'était antérieure à vingt-quatre ans. Kolvair alluma la tige de tabac qu'il triturait depuis un moment. Yves Patou était cuit. Son épouse avait peut-être, lorsqu'elle était vivante, su garder le silence, pourtant, aujourd'hui, c'était son cadavre qui accusait son époux. Elle subissait des violences depuis les débuts de son mariage.

Il s'agissait maintenant de faire cracher le morceau au gus, qui s'enfonçait dans le déni. Le commissaire, lors d'une précédente enquête, avait déjà eu affaire à un père placide accusé de coups mortels sur son enfant. Impassible, l'homme avait persisté à nier, malgré les preuves accablantes. Il avait eu un excellent avocat qui, en fustigeant la science, était parvenu à lui éviter la guillotine.

Pourtant, même si Patou s'obstinait à nier l'évidence, les jurés seraient implacables. Il avait des problèmes d'un tout autre ordre. Il buvait beaucoup trop, la presse n'hésiterait pas à montrer du doigt cet alcoolisme qui rendait violents certains hommes. Une circonstance aggravante.

Autre lieu, autres mœurs, se dit le commissaire en pensant à la toute récente Prohibition américaine.

Suite aux dénonciations de plusieurs collectifs de femmes victimes de violences conjugales, le gouvernement américain venait de déclarer la guerre à l'alcool et de lancer une campagne en faveur de la non-violence.

Couper le mal à sa racine... songea Kolvair, circonspect.

Il ne parvint pas à chasser de ses pensées les images d'horreur drainées par les champs de bataille. Lui-même, pour sa propre survie, avait usé de violence. Des millions d'hommes avaient reçu l'ordre de se transformer en bourreaux. Puis, la guerre terminée, on leur demandait de rentrer chez eux, feignant d'ignorer qu'ils s'étaient conduits pire que des loups. Comment s'étonner de ce que certains se défoulent sur leur femme ? Bien sûr, si tel était le cas, Kolvair ne les excusait pas. Il tentait de comprendre.

En fixant Yves Patou, le policier se fit la réflexion qu'en ce qui le concernait l'avocat général retiendrait, en outre, la préméditation. En essayant de faire porter le chapeau au Tricoteur, le suspect n'avait pas arrangé son cas.

— Il faut que je te dise quelque chose, glissa Durieux à Blandine.

Le jeune physiologiste avait pris un air grave, Blandine marqua un arrêt. Ce jeune homme était bien sérieux, elle pensait qu'il aurait dû lui sauter dessus depuis belle lurette et commençait à s'impatienter.

Blandine prenait la vie comme elle se présentait, presque à la légère.

Orphelins très tôt, son frère et elle avaient grandi dans la misère. Et puis le destin, dans un sursaut, les avait désignés héritiers d'un vieil oncle tombé du ciel. Blandine et Romain n'avaient pas cherché à en savoir plus, ils avaient pris le pactole, dit merci, au revoir, et avaient fêté ça. Dès le lendemain, Blandine avait racheté une vieille échoppe et avait elle-même échafaudé son petit restaurant, dans la plus pure tradition lyonnaise : les chevaux des clients avaient leur place, Romain les remettait d'aplomb.

Tandis que les marchands, dans la salle du restaurant de Blandine, se régalaient, Romain, dans l'écurie, frictionnait le poil de leur monture avec un bouchon de paille, plus rarement de foin, séchant la sueur et activant la circulation. Les chevaux, autant que les hommes, adoraient faire escale chez Blandine et Romain. Les hommes, une fois repus par la belle cuisinière, étaient toujours ravis de récupérer leur animal, assez reposé et détendu pour reprendre la route jusqu'au prochain négoce. Ils étaient alors généreux en pourboire.

Ces temps-ci, Blandine pensait souvent à son frère. Depuis qu'ils étaient enfants, Romain était ingérable. Elle ne savait pas vraiment à quel moment il était tombé dans la petite délinquance, sans doute à l'adolescence. En mesurant combien l'arrestation du Tricoteur avait décuplé sa nervosité, elle se demandait s'il n'avait pas carrément basculé dans le banditisme.

— Je... je n'ai jamais dormi avec une fille, murmura d'un seul souffle Jacques Durieux.

Blandine eut besoin d'un bref instant de silence pour maîtriser sa stupéfaction. Un puceau !

— Détendez-vous, tout va bien se passer, répondit-elle finalement, d'un ton langoureux.

Elle avait volontairement cité cette maxime, répétée par Paccard à ses compagnons de cordée avant de prendre la montagne. En 1786, ce jeune médecin fut le premier à entreprendre l'ascension du mont Blanc : la demoiselle connaissait les classiques des alpinistes, aussi, amusé par cette référence, Durieux se détendit.

— Je ne dis pas que je n'y ai jamais pensé, reprit-il.

Blandine n'avait pas beaucoup de temps disponible. Ce solide et authentique sportif lui plaisait, pourvu qu'il ne se mît pas martel en tête. Si elle avait accepté de l'accompagner dans cette randonnée, c'était uniquement – en tout cas s'en convainquait-elle – parce que son frère était dans une mauvaise passe. Puisque ce physiologiste au physique agréable et à la courtoisie indéniable travaillait avec les flics, il pourrait probablement lui être utile.

Romain logeait chez Madeleine Ronsard, victime du fou de la Croix-Rousse. Blandine ne doutait pas de l'innocence de son frère en ce qui concernait les odieux crimes dont tout Lyon parlait. Romain était un flambeur et un voleur, pas un tueur. Il avait également le douteux privilège d'être un des meilleurs indics de Legone, mais en trahissant Yvon Figeac, en le donnant à l'inspecteur de la BRPM, Romain s'était fichu dans de sales draps. Ceci tracassait Blandine, jamais elle ne supporterait que son frère, complice des larcins du Tricoteur, soit incarcéré.

Heureusement, lors de sa visite chez son frère, dans la maison de madame Ronsard – une femme si douce, elle l'avait pleurée en cachette –, avant d'être dérangée par Kolvair et son groupe elle avait eu le temps de récupérer les billets et les bijoux, dans la planque indiquée par son frère. C'était de lui, comme toujours, que Blandine se souciait en premier. Comme toujours, elle passait derrière lui, rafistolant tant bien que mal ses erreurs.

Or, pour la première fois, elle ne savait plus quoi faire, tout cela la dépassait et l'inquiétait. A tort, en l'occurrence : elle ne se doutait pas que, la fouille du commissaire n'ayant aucun caractère légal – pire, Kolvair s'était introduit par effraction chez Madeleine Ronsard –, il ne comptait pas l'ébruiter. De toute façon, Kolvair n'était pas venu pour Romain.

Ce que Blandine voulait savoir – et c'était pour cela qu'elle avait accepté l'invitation de Durieux – c'était si ce que racontait la presse était vrai : le Tricoteur, atteint du syndrome de Narcisse, refusait-il vraiment de donner ses complices ? Il en avait dans chaque ville où il opérait. Etait-ce vrai qu'il arguait être seul à avoir mis au point tous ses cambriolages ? Si c'était la vérité, elle en serait soulagée, et Romain pourrait cesser sa cavale.

Blandine se dit qu'une fois que Durieux aurait terminé sa petite affaire elle pourrait le questionner à loisir. Son intérêt pour l'alpiniste, sans être vénal, était on ne peut plus assumé.

— Détendez-vous... lui répéta-t-elle dans le creux de l'oreille, en l'enlaçant.

Parfaitement décoincé et n'y tenant plus, Durieux poussa Blandine par terre, ils roulèrent dans l'herbe et les fleurs. Elle le chevaucha, lui montra le chemin car il n'osait pas toucher ses seins, Durieux l'embrassa à pleine bouche et tout, effectivement, se passa au mieux. Pour finir, Blandine s'empara du stéthoscope du jeune docteur et lui écouta le cœur en silence.

— Alors, combien ? s'enquit Durieux, après une minute.

— Quatre-vingts pulsations, cher ami, répondit-elle, amusée.

Durieux se redressa, la mine catastrophée.

— Quatre-vingts ? C'est impossible !

Blandine éclata de rire et il se sentit soudain rougir. Il retrouva une contenance en lui narrant les derniers exploits de Joseph Ravanel, chamoniard.

Blandine s'allongea dans l'herbe. Durieux, au passage, lui embrassa l'épaule. Ravanel était un guide de haute montagne qu'on surnommait « le Rouge », en référence à la couleur de ses cheveux. Il avait notamment conduit Albert Ier de Belgique lors d'une récente ascension.

En réalité, il était surtout apprécié par ses pairs pour sa maîtrise de l'Aiguille du Fou. Il fut le premier à la gravir en solitaire et sans aide extérieure.

Durieux, mine de rien, précisa qu'il avait, lui aussi, plusieurs premières à son actif.

Subjuguée, un brin admirative aussi, Blandine ne parvint pas à questionner son nouvel amant sur son frère Romain. Elle était bien. Ceci, pour une fois, lui suffisait.

Depuis leur création, Nicolas Clément était le commissaire divisionnaire en charge de la Brigade du Tigre lyonnaise. Il était une légende vivante pour avoir participé au démantèlement de la bande à Bonnot.

Ancien excellent flic de terrain dont la retraite approchait, personne ne savait s'il parviendrait à tenir le coup jusque-là. C'était un homme intègre et apprécié, mais totalement déphasé. Fatigué par la vie, usé et déçu par l'être humain, abîmé par les enquêtes qu'il avait menées, il était de santé fragile et se faisait de plus en plus souvent porter pâle. Lors de ses permanences, il ne quittait plus son bureau. Lors de ses absences, il déléguait la responsabilité de sa brigade à l'inspecteur Legone, qu'il appréciait comme un fils.

Ainsi, cet après-midi-là, après plusieurs jours de repos, Nicolas Clément venait de reprendre son service. Le procureur Rocher et l'inspecteur Legone se tenaient debout devant lui, resté assis avec une couverture sur ses jambes endolories. Yvon Figeac, dit le Tricoteur, en clamant sa culpabilité pour le crime de Gisèle Patou, avait définitivement entaché la réputation des BRPM de Lyon. Sous les verrous à l'heure de la mort de la vieille ouvrière, il ne pouvait être son meurtrier. Le plus curieux était qu'il persistait à s'accuser. De ce fait, son transfert à l'asile de Bron n'allait plus tarder. Tout cela était embarrassant pour la crédibilité de la police lyonnaise, mise sur la touche par le ministre, qui exigeait des résultats.

Le seul à avoir vu venir le caractère singulier de ces enquêtes, leurs coïncidences comme leurs similitudes, restait Victor Kolvair. Depuis le début, il avait eu raison, prévenant qu'un seul et même tueur avait assassiné les deux premières victimes et qu'il courait toujours. Ensuite, grâce à la collaboration du docteur Serraggio, il avait confondu Yves Patou, coupable d'avoir tué sa femme. Forcément, le ministre venait d'intimer l'ordre de confier ces trois enquêtes à l'unité scientifique.

Pour des raisons différentes, cela contrariait autant le commissaire divisionnaire que le procureur Pierre Rocher. Le premier, malgré son âge, continuait d'apprécier la gloire. Le second, misogyne notoire, refusait l'intelligence aux femmes. Cette Bianca Serraggio, cultivée et clairvoyante, l'encombrait. L'inspecteur Legone, quant à lui, avait la tête ailleurs.

— Enfin, Julien, comment as-tu pu faire une erreur si grossière ? lui demanda Clément, indulgent et compatissant.

Legone relativisa d'un haussement d'épaules, visiblement préoccupé. Et pour cause : son trafic de films érotiques, en passe d'être démantelé, était sur la sellette. Il savait qu'une instruction judiciaire venait d'être ouverte, il fallait qu'il trouve un subterfuge, et vite, pour empêcher l'enquête de remonter jusqu'à lui. Surtout, il avait des commandes à honorer, le prochain tournage à préparer. Il se demanda qui il allait devoir sacrifier.

Le téléphone sonna, le commissaire divisionnaire décrocha :

— Clément à l'appareil.

A l'autre bout de la ligne, le préfet se présenta. Comme si l'homme politique pouvait le voir, le commissaire divisionnaire se tendit, tout ouïe.

Le procureur Rocher adressa un signe de tête à Legone pour lui signifier de partir. Contre toute attente, Nicolas Clément leur indiqua de rester. Il hochait la tête sans discontinuer, écoutant son interlocuteur, ébréchant le silence à coups de « Je comprends bien, monsieur le préfet, assurément » des plus obséquieux.

Legone prit sur lui pour dissimuler son impatience.

— Vous pouvez compter sur nous, conclut le commissaire divisionnaire avant de raccrocher.

Il sortit d'un tiroir de son bureau une flasque remplie d'un vieux whisky et en but une lampée.

— Nous récupérons l'enquête sur le trafic des films érotiques.

Pierre Rocher se sentit soulagé, les « Mobilards », autre surnom des hommes de Clemenceau, excellaient en démantèlement de réseaux, cette affaire semblait parfaite pour redorer leur blason. Et, dans leur sillon, le sien.

— Les frères Lumière sont dans tous leurs états.

Legone tressaillit. Son complice, Norbert, étant leur assistant, se trouvait donc dans la ligne de mire de l'enquête.

— Un de leurs assistants est soupçonné, confirma le commissaire divisionnaire. A toi de jouer, Julien.

Legone n'en espérait pas tant, pourtant voilà qu'il héritait de cette enquête ! Il allait falloir jouer serré. Une lueur d'espoir traversa ses yeux, cette opportunité était un signe. Il alluma un cigare.

Le procureur, rompu aux raisonnements politiques, réfléchit. Si le préfet s'était fendu d'un appel téléphonique à Clément, ce n'était pas gratuit, encore moins un hasard. Il en déduit que les Lumière étaient des amis du préfet et qu'il fallait veiller à ne pas éclabousser leur réputation.

Il chercha dans sa mémoire le dossier « famille Lumière », le trouva rangé dans le compartiment réservé aux personnes « A surveiller ». Aujourd'hui, Auguste Lumière se consacrait à des recherches médicales et si certaines de ses réflexions, celle concernant l'utilisation du tulle gras sur des brûlures par exemple, montraient une certaine pertinence, d'autres étaient plus douteuses. Les polémiques à son sujet se répandaient dans Lyon, déstabilisant la notoriété familiale.

Rocher eut une mimique de dégoût. Il détestait les francs-maçons et suspectait les Lumière d'en être. Il avait tort mais, à ses yeux, tous ceux qui n'étaient pas monarchistes étaient des « maçons » à abattre. Ces progressistes de tous bords complotaient avec la Gueuse, cette République à abattre, il les tenait à l'œil. Qu'il ait tort ne lui effleurait pas l'esprit.

Rocher estimait que la municipalité facilitait trop largement les Lumière dans leur expansion. Ce n'étaient même pas des Lyonnais pure souche ! Antoine Lumière, venu de Besançon pour installer un atelier de photographie rue de la Barre, s'était lancé dans la fabrication en gros des plaques sèches photographiques, les fameuses « étiquettes bleues » inventées par ses fils, Auguste et Louis, formidables touche-à-tout. La dynastie prospérait.

Des nouveaux riches qui trafiquent avec les Israélites, rien de plus… s'indigna Rocher en son for intérieur.

Les Lumière prenaient de plus en plus d'importance au sein des organes politiques régionaux. Or, le procureur, loin de partager leurs opinions, les combattait.

Il avait des idées très arrêtées en matière politique, du reste il avait des idées précises sur tout. Il pensa aux quelques amis avec qui il s'accordait et reprit courage. Certes isolé au milieu de tous ces républicains, il n'était pas seul pour autant.

Pusillanime, il ne révéla pas ses pensées au commissaire divisionnaire et à l'inspecteur Legone. Si, comme il l'ambitionnait, il était un jour élu, il serait temps de leur en faire part ; en attendant, discrétion étant mère de victoire, Rocher fit profil bas et assura qu'il comprenait les arguments du préfet. Effectivement, les usines Lumière employaient de nombreux salariés, la région tout entière devait beaucoup à cette prestigieuse industrie familiale. Le préfet avait absolument raison : étant donné la période de crise et les temps de chômage qui sévissaient, pas question de tuer la poule aux œufs d'or.

— Discrétion et efficacité, ordonna Pierre Rocher.

Clément acquiesça. Opinant du chef, Legone sortit à la suite du procureur. Alors qu'il souhaitait un prompt rétablissement à son supérieur en refermant la porte, il n'en pensait pas un mot. Ambitieux et opportuniste, il songeait au jour où il serait assis à cette place, qu'il convoitait depuis longtemps. Maintenant qu'il s'appelait Legone, même rêver était plus facile.

Villedieu, ce 13 mai 1920

Fils,

Je suis couchée, mes jambes ne me tiennent plus, je crois que l'expression « lit de mort » a été inventée pour moi.

Ta sœur est bien bonne, elle passe beaucoup de son temps à mes côtés, comme on veille un feu qui s'éteint.

Je t'attends pour te dire au revoir,

Ta mère

Atterré, le commissaire Kolvair relut plusieurs fois le texte bref à l'écriture sèche et autoritaire, hochant la tête en silence. Sa mère semblait en pleine forme.

— Toujours ton sens de la formule et de la métaphore... lança-t-il.

Et, surtout, cette habile manière de le culpabiliser. Aujourd'hui, il ne se sentait plus spécialement visé, il avait depuis belle lurette compris qu'elle agissait ainsi avec tous les hommes.

Il avait réceptionné cette lettre, retardée par les grèves, le matin même et, ayant immédiatement reconnu l'écriture de sa mère, l'avait évitée toute la journée, la reléguant sous ses dossiers en cours.

A midi, une communication téléphonique de sa sœur l'informait que leur mère – elle avait précisé « ta mère » – le réclamait jour et nuit. Il connaissait par cœur ses geignements et ne pouvait plus les sentir. En les entendant, en fond sonore, Kolvair avait ressenti un haut-le-cœur. Il avait proposé à sa sœur de les visiter cet été, elle avait éclaté en sanglots. Puis lui avait raccroché au nez. Certains, plus que d'autres, ont le sens du spectacle.

Peut-être sa mère était-elle à l'article de la mort, mais Kolvair, lui, se sentait à l'article de l'amour. Il replia la lettre. Son souffle, jusque-là si docile, s'accéléra, pareil à celui d'un voleur à la tire.

— J'en ai suffisamment soupé de vos sornettes !

Néron, ostentatoire, jappa deux fois. Kolvair ferma les yeux, chuchota quelques mots latins, il ressemblait à un sorcier en pleine incantation, puis, une fois sa respiration retrouvée, il regarda la vallée rétrécir sous la lumière.

Il aimait venir ici, sur les bords de l'Azergues, pêcher des heures durant. Au fond s'étendaient les monts du Beaujolais et, à l'est, ceux de Tarare. La végétation y était plus verte et plus touffue.

Dès que son emploi du temps le lui permettait, Kolvair quittait le calcaire du mont d'Or pour le granit, la campagne gagnait alors en fraîcheur, Néron appréciait autant que son maître. En deçà du confluent de la Brevenne, la rivière coulait large, claire et rapide, mais trop peu profonde pour une partie de pêche. Ici, rétrécie, elle devenait un torrent abondant et jaseur, côtoyé, plus loin, par le chemin de fer de Paray-le-Monial. Pour y parvenir, la route descendait vers Civrieux par un ravin ombragé et les collines, couvertes de pampres, se prolongeaient, opulentes, jusqu'au vignoble de Lachassagne.

Il n'avait pas osé inviter Bianca Serraggio à dîner et il le regrettait. Il cédait à l'appréhension, il en était conscient, il fallait qu'il rectifiât le tir.

Et fissa, mon cher Victor, se sermonna-t-il en regardant Néron.

Depuis son retour de guerre, il n'avait plus fait l'amour. Sa prothèse, si pratique pour cacher sa cocaïne, le complexait. Il se raisonna, au fond il savait bien qu'il s'était senti, entre autres sur ce point, tout à fait en confiance avec Bianca : la belle jeune femme avait, d'emblée et on ne pouvait plus naturellement, adopté sa lenteur.

Ce qui souciait Kolvair était ailleurs.

Il avait, tout à l'heure, badiné avec l'aliéniste sur leurs goûts respectifs. Kolvair aimait trop la musique pour passer du temps avec quelqu'un qui ne l'eût pas supportée, c'est pourquoi il avait, peut-être trop directement, interrogé Bianca sur ses goûts musicaux.

« Les rythmes nouveaux ont envahi le monde du son, Victor… » avait-elle riposté.

La valse et la mazurka laissaient place au tango, dont les figures évoquaient trente-deux positions amoureuses.

« Comble de l'impudeur ! » s'écriaient certains, scandalisés.

Une boule se forma dans sa gorge. Avec sa jambe en moins, il n'était guère question de danser. Si jusqu'à présent ceci ne l'avait point tracassé, il sentait une mélancolie l'envahir. Il aurait aimé faire tourner Bianca, elle lui avait aussi parlé du fox-trot, du one step charleston et du jazz.

Il l'imagina en smoking et sourit. S'il ne pouvait plus danser, il pouvait encore faire l'amour. Lui qui n'en avait plus envie depuis longtemps y avait aujourd'hui pensé, au fond c'était peut-être bien cela qui le souciait tant.

Au même moment, le bout de la canne à pêche frétilla, Néron se redressa en gémissant. Le commissaire moulina avec précaution, une truite argentée et hagarde se débattit au-dessus de l'eau. Kolvair l'attrapa sans la serrer. D'une main ferme, il décrocha avec minutie l'hameçon, puis relâcha le poisson, à bout de forces mais vivant, dans le ruisseau.

Salacan étira sa moustache. Il n'aurait aucun résultat des expériences lancées avant plusieurs heures, de toute façon il manquait de recul et n'y voyait plus rien.

Il bâilla, déployant bras et gorge. Il pensa au roman policier qu'il écrivait. L'intrigue avait pour cadre une maison close, c'était le souhait de l'éditeur. Or, cet univers lui était totalement étranger.

Justine, à qui il avait demandé conseil, lui avait suggéré de se rendre « Chez Lili » et il n'avait pas encore trouvé l'opportunité de visiter ce lupanar, luxueux et à la mode, pour clientèle huppée.

La science était, ce soir et pour une fois, raccord avec le cycle naturel. Il faisait nuit, il décida que le moment était opportun. Il ferma la porte du laboratoire en remarquant un rai de lumière sous la porte du bureau du commissaire puis il quitta le palais de justice.

La maison de Lili se situait derrière la place Bellecour, dans une petite rue pavée de la presqu'île. L'endroit avait été récemment inauguré, les Lyonnais n'avaient que cette adresse à la bouche. Il était de bon ton d'y apparaître au moins une fois, sinon la rumeur vous accusait de pédérastie.

Il y en avait pour tous les goûts et Lili savait, si on lui expliquait ses souhaits, être de bon conseil. Les clients n'étaient jamais déçus. Ceux qui ne souhaitaient rien d'autre que déguster un bon alcool étaient aussi les bienvenus, le bar était varié et Lili ne poussait pas à la consommation sexuelle.

Salacan traversa l'immense espace.

Bellecour, troisième plus grande place française après la Concorde à Paris et l'esplanade des Quinconces à Bordeaux, ressemblait, du fait des chantiers actuels, à un vaste campement de soldats.

Toutes proportions gardées, bien sûr, se précisa Salacan.

Il réfléchissait aux personnages de son roman. Pour ne pas oublier une idée qui venait de surgir, il s'arrêta devant le « cheval de bronze » et sortit son cahier de poche. Il observa la statue de Louis XIV, une œuvre du sculpteur François-Frédéric Lemot, inaugurée en grande pompe le 3 novembre 1826, à la veille de la fête de Charles X. De part et d'autre du socle, deux sculptures des frères Coustou représentaient la Saône et le Rhône, l'une sous les traits d'une femme indolente, l'autre en homme impétueux.

Traversée épisodiquement par les crues des deux fleuves, une grande partie de la presqu'île lyonnaise resta longtemps un terrain marécageux. Au Moyen Age il servit même de décharge. A la Renaissance, pour s'étendre, la ville investit la partie sud de la presqu'île. Des lotissements furent aussi créés. L'archevêque de Lyon acquit un tènement qu'il clôtura et transforma en jardin, d'où son nom de « Belle Cour ».

En 1562, lors des guerres de Religion, le terrain devint la propriété du baron des Adrets, qui en fit une place d'armes pour l'entraînement de ses troupes. Après la reconquête, Henri IV s'intéressa à cet emplacement, poussant la Ville de Lyon à acheter ces six hectares. Il stipula dans l'acte de vente, daté de 1591, que « pour l'éternité » ils devraient demeurer place publique.

Elle fut érigée en place Royale par Louis XIII et aménagée le siècle suivant. De belles façades classiques la bordèrent à l'est et à l'ouest, tandis que quelques tilleuls ornèrent le côté sud. Aujourd'hui, les tilleuls avaient été remplacés par des marronniers, Salacan estimait que c'était bien dommage.

Au centre de la place, une statue équestre de Louis XIV en empereur romain (donc sans étriers), œuvre de Desjardins, fut dressée en 1713. Mais Lyon subit les foudres révolutionnaires. Un décret de 1793 condamna la ville à la destruction, à commencer par les « maisons des riches » de la place Bellecour. La statue de Louis XIV fut fondue.

Dès 1802, Napoléon Bonaparte, dont l'oncle maternel, le cardinal Fesch, était archevêque de Lyon, fit relever les façades est et ouest de la place. Il choisit un style sobre et sans ornements que Salacan appréciait.

Bellecour, dominée par la silhouette caractéristique de Fourvière, restait le point zéro de la ville, à partir duquel se calculaient toutes les distances.

Salacan tourna à droite et comprit qu'il était à la bonne adresse.

A l'instar du Chabanais, célèbre maison parisienne qui l'inspira, Chez Lili était un trois-étoiles. Tout y était parfait : entrée discrète, sous-maîtresses bien élevées et quinze pensionnaires soigneusement sélectionnées.

Chaque jour, l'une d'elles commentait la visite. Le professeur se glissa dans le groupe et monta au premier étage, dévolu à quelques chambres et au salon de « frotti-frotta », exclusivement réservé aux partouzes. Consciencieux, Salacan nota ce détail. Il apprit que le roi d'Angleterre avait couché dans la pièce du fond, l'anecdote disait que, chaque soir, il faisait remplir sa baignoire de champagne. A gauche, un étrange fauteuil à étriers métalliques, spécialement conçu pour s'amuser avec deux dames à la fois, laissa Salacan dubitatif. Il visita aussi une chambre japonaise, avec laques et tapis anciens.

— Copie conforme de celle qui obtint un premier prix lors de l'Exposition universelle de 1900, précisa fièrement la guide.

Par une porte dérobée, ils accédèrent aux salons de massage ou de rendez-vous. Dans une vaste chambre trônaient un lit à colonnes et des panneaux hindous.

Lorsque la pensionnaire leur annonça la visite de celle des tortures, Salacan rejoignit le bar du salon de lecture.

Le mobilier l'étonna. En amateur, il appréciait l'Art nouveau, ses lignes ondulantes, ses courbes et contre-courbes, ses formes figuratives flexueuses, souples et gracieuses. Ici, elles avaient été abandonnées au profit de dessins rigoureusement géométriques et inspirés du récent cubisme. Il prit le temps d'admirer, se faisant la réflexion que Justine apprécierait certainement. Pour la première fois, il avait devant lui un divan d'angle encastré dans une boiserie comportant diverses étagères, une création qui faisait fureur. Les meubles, prétendument d'un classicisme définitif, présentaient pourtant des lignes inattendues, dans des matériaux osés : matière plastique, acier chromé ou poli, ivoire, ébène, gainage de cuir ou de galuchat. Salacan remarqua un piano à queue de Poul Henningsen, ce designer danois dont Justine raffolait, et il poussa un soupir admiratif en l'effleurant.

Personne ne se cachait, l'endroit, convivial, n'avait rien des lugubres saloons décrits par Jack London et le professeur s'y sentit à l'aise.

Salacan se dit que les gens de bonne compagnie choisissaient leur bordel comme les femmes leur salon de thé. Il remarqua le légiste Damien Badou, qui le salua avant de monter à l'étage au bras d'une forte fille.

Salacan s'enfonça dans une banquette ventrue en forme de coquillage et, charmé, commanda un whisky sec et sans glace à une fille trop fardée. Ravi, il consigna ses voluptueuses observations. Il tenait là, il n'en doutait pas, le cadre de son intrigue.

De nombreux homosexuels ne craignaient plus de s'afficher, Badou pourtant refusait de révéler ses penchants. Si elle les apprenait, sa mère ne s'en remettrait pas. Et puis, la pédérastie étant sévèrement réprimandée par la loi, le légiste préférait assurer ses arrières.

Ainsi, deux fois par an, pour anticiper d'éventuels qu'en-dira-t-on, Damien Badou montait avec une fille publique. Tomber sur le professeur Salacan fut donc tout à fait satisfaisant : un de plus qui, le moment opportun, pourrait toujours témoigner l'avoir vu au bras d'une femme.

Badou paya très cher, Lili était redoutable en affaires. Elle accepta, moyennant cent cinquante francs, qu'il passât la nuit entière avec la même jeune femme. Sophie aimait tenir les hommes contre ses chaudes épaules et discuter en buvant du champagne, prescription idéale pour Damien Badou, particulièrement contrarié ce soir-là.

Un peu plus tôt à la morgue, il avait surpris Armand Letoureur, son jeune amant journaliste, en train de photographier le rapport d'autopsie des victimes de la Croix-Rousse. Badou s'était disputé avec lui. A bien y réfléchir, il s'en moquait éperdument. Armand avait promis qu'il ne le publierait pas, mais était parti énervé.

Ce qui importait à Badou était que son amant lui revînt. Et, surtout, que personne ne le soupçonnât, lui, le célèbre légiste de Lyon, d'être homosexuel.

Il s'appliqua à rendre impossible la différenciation du bon grain de l'ivraie, et la belle professionnelle, gironde et habile, n'y vit que du feu. Pour tout dire, elle fit comme si.

6 janvier 1909

Henriette avait toujours vu ses parents faire chambre à part.

Entrer dans celle de son père lui était catégoriquement interdit.

Sa mère, Garance, le lui avait maintes fois répété. Mais Henriette devenait maligne. De plus en plus.

Elle analysa la situation. Le jeudi après-midi, entre trois et quatre heures, il n'y avait aucun risque de se faire prendre.

Lorsqu'elle entra, elle inspira profondément, respirant l'odeur. La pièce sentait le mâle.

Henriette ouvrit directement la lourde armoire dans laquelle, elle le savait, le linge de son père était rangé.

Elle le renifla. Dommage, il était propre.

Elle retira ses jupons superposés et sa robe.

Elle regarda dans un miroir sur pied son corps, glabre et anguleux.

Certaines filles de son âge avaient déjà de la poitrine, la sienne n'existait pas. Les autres filles de son âge avaient une voix pleine de grâce et de délicatesse, la sienne était grave et monocorde.

Les autres filles de son âge ne portaient pas la ceinture que Garance lui attachait chaque matin.

Depuis toujours, ses parents collectionnaient des outils de canut. Son père en possédait pléthore, Henriette décida qu'il était temps qu'elle constituât sa propre collection.

Parmi les nombreux outils, elle déroba une force, ancêtre des ciseaux.

Avant de ranger l'outil dans sa poche, Henriette décida de couper ses longs cheveux avec. Le résultat lui plut.

Henriette enfila une culotte de son père. Le résultat lui plut.

Elle dessina au-dessus de ses lèvres une moustache. Le résultat lui plut.

Le miroir renvoya l'image d'un jeune garçon. Le résultat lui plut.

Elle changea de pantalon, tenta une autre chemise, essaya de nouer une cravate.

Ravie, elle s'installa dans le fauteuil de son père.

Elle n'entendit ni ne vit le temps passer.

Il était plus de quatre heures lorsque Garance la découvrit. Elle blêmit en poussant un cri. Henriette se précipita pour la rassurer.

— Maman, maman, je voulais juste me déguiser ! mentit-elle, surexcitée et pleine d'exubérance.

Garance s'évanouit.

Alerté par le bruit, Jean fit irruption.

Désarçonné par le bazar qui régnait dans sa chambre et l'horrible vision de sa fille travestie en garçon, il la gifla.

— Tu es ridicule ! Rhabille-toi immédiatement ! ordonna-t-il à Henriette.

Puis il porta secours à Garance.

Sa chère et tendre Garance.

Henriette, stoïque, gagna sa chambre.

D'abord, elle extirpa de son tas de vêtements emporté à la hâte la force en argent avec laquelle elle s'était coupé les cheveux. La cacha dans sa boîte secrète.

Ensuite seulement, elle revêtit ses habits de fille. Une nouvelle crise d'asthme lui coupa le souffle, la laissant exténuée.

Kolvair se rendait au tribunal des prud'hommes. Il s'engouffra rue des Templiers, il sortait de chez son bottier. Sa nouvelle prothèse nécessitait encore quelques essayages, réglages et vérifications. Il fit un crochet jusqu'au théâtre des Célestins, reconstruit par Gaspard André. Un autre théâtre, celui des Variétés, s'élevait à cet endroit et avait été la proie des flammes, en 1871. Le commissaire Kolvair ne l'avait pas connu, mais son grand-père lui avait souvent raconté son départ en fumée. A dire vrai, Kolvair soupçonnait son aïeul, communard dans l'âme, d'avoir participé à la destruction du vétuste édifice.

Le commissaire acheta une place au guichet pour un récital de jazz. Puis, après réflexion, une deuxième.

Le tribunal des prud'hommes se trouvait place des Jacobins, dans une maison cossue. Le hall était décoré de peintures et de moulures, au plafond une allégorie de la Justice fort réussie le laissa admiratif, Saint Louis y siégeait entre un agneau et un lion.

Des avocats en robe noire virevoltaient au milieu de la foule, il s'y trouvait de nombreuses femmes seules.

L'habit fait parfois le moine, conclut-il en distinguant, par leurs simples vêtements, les ouvriers des patrons.

Le premier étage était dévolu au Syndicat de la soie. Kolvair prit le temps d'en lire l'historique, exposé sur un marbre épais. Si les maîtres tisseurs et autres ouvriers de la soie semblaient très organisés, les fabricants l'étaient également. Ainsi la Maison et le Bureau des fabricants de Lyon de soie, d'or et d'argent furent-ils créés en 1727, pour disparaître avec la Révolution. En 1825 fut fondée la Réunion des fabricants, suivie, en 1868, par l'Association de la soierie lyonnaise, favorable à des mesures protectionnistes. En 1917, enfin, fut constitué le Syndicat des fabricants de soierie.

Les prud'hommes occupaient les deux derniers étages. Le commissaire savait que c'était ici, à Lyon, que Napoléon avait créé leur premier conseil. Il s'agissait alors, par cette loi du 18 mars 1806, de favoriser les conciliations entre les marchands de soie et les tisseurs lyonnais.

Très vite, les canuts dénoncèrent le rôle de ce conseil des prud'hommes, trop favorable, estimaient-ils, aux marchands-fabricants. Ils réclamèrent la parité négociants/tisseurs et l'obtinrent, non sans batailler.

Le conseil lyonnais servit d'exemple. A Paris fut ainsi créé un conseil de prud'hommes pour les industries métallurgiques puis, en 1847, pour les produits chimiques.

L'endroit était public.

Depuis le dix-neuvième siècle, les prud'hommes étaient ancrés dans le paysage judiciaire et social de Lyon. La procédure préalable de conciliation aboutissant souvent, les jugements s'efforçant de développer des jurisprudences sur la base des usages locaux, il y avait là tout un monde auquel Kolvair ne s'attendait pas. La moiteur le prit par surprise.

Il se fraya un chemin dans la modeste salle des pas perdus qui grouillait et en profita pour lire quelques panneaux exposés et explicatifs. Se cultiver ne faisait jamais de mal.

Les prud'hommes suscitèrent bien sûr l'intérêt du mouvement populaire. En 1848, tous les ouvriers purent devenir électeurs et éligibles ; en 1880, le président et le vice-président furent élus selon le système de parité ; une loi de 1905 supprima la voix prépondérante du président ; en 1907, une nouvelle loi mit en place une véritable juridiction sociale, reconnue compétente en matière de contentieux individuels du travail ; celle du 15 novembre 1908, dite « loi des Prud'femmes », permit l'éligibilité des femmes, établissant l'égalité des sexes.

Le commissaire n'avait rien contre. Il sourit en pensant à Bianca, qui cachait à peine son militantisme féministe. La guerre et l'absence des hommes les avaient émancipées, leurs revendications devenaient plus pressantes, certaines réclamaient même le droit de vote.

Il entra dans une salle d'audience. Il avait rencontré et interrogé tout au début de son enquête les cinq hommes qui y siégeaient. Comme Yves Patou, ils apparaissaient sur la première et longue liste des clients du malletier londonien. Le commissaire n'en avait retenu que les noms de ceux qui avaient accès aux ateliers de soierie. Kolvair avait bien sûr consigné leur déposition puis vérifié leurs alibis.

Toussaint Déchazelles était directeur de la manufacture de soierie d'ameublement Prelle. Créée en 1752, installée dans le quartier de la Croix-Rousse depuis 1881, cette entreprise familiale conservait son atelier d'origine où les héritiers des canuts travaillaient manuellement sur des métiers à bras. Kolvair avait profité de ses investigations pour visiter l'atelier mythique. Prelle avait tissé le brocart d'or et d'argent de la chambre de Louis XIV à Versailles : vingt-neuf années de recherches et de tissage, au rythme de trois centimètres par jour ! On leur devait également le velours ciselé polychrome du château d'Amalienborg à Copenhague, somptueux cadeau diplomatique offert en 1752 par Louis XV au comte de Moltke, haut dignitaire de la cour du Danemark.

Toussaint Déchazelles, en déplacement sur le continent asiatique depuis plusieurs mois, n'était pas dans la région au moment des crimes.

Edmond Gillet, spécialiste des textiles artificiels, avait conclu en 1911 une alliance avec le groupe Carnot. Puis, pendant la guerre, il avait créé l'industrie du chlore. Actuellement, il nouait des liens étroits avec le groupe américain DuPont de Nemours et vivait plusieurs mois consécutifs de l'année à l'étranger.

A New York à l'heure des morts de Madeleine Ronsard et de l'inconnue du pré aux Moines, le grand industriel avait été lui aussi mis hors de cause.

Jean Gaidon, président des prud'hommes, vice-président du Syndicat des fabricants de soierie, était un homme respecté pour sa discrétion, sa loyauté et, en toutes circonstances, son calme. Travailleur acharné, son emploi du temps l'avait immédiatement disculpé.

Luc Lebreuil connaissait bien sûr Madeleine Ronsard, c'était dans son atelier que la vieille femme avait été retrouvée, mais à l'heure du crime il était justement en réunion avec Jean Gaidon.

Kolvair soupira en pensant à Yves Patou, son intuition ne l'avait pas trompé. Lynché par la presse, le bonhomme risquait d'être guillotiné pour le meurtre de sa femme. Concernant Madeleine Ronsard, son alibi le disculpait.

Enfin, François Viry assurait ne pas connaître Madeleine Ronsard. Or, Kolvair en avait reçu la confirmation tout à l'heure, c'était faux. Il l'employait au noir. Pour un membre du conseil des prud'hommes, cela faisait désordre. Surtout, l'homme d'affaires avait menti à Kolvair, aussi le policier souhaitait-il quelques explications. Il était ici dans ce but.

Préférant éviter tout scandale, il décida d'attendre la fin de la séance. Il s'installa au fond de la salle d'audience et observa. Animés et virulents, les débats sur les heures de travail et les jours de congé le bercèrent.

La journée de huit heures était une vieille revendication ouvrière, portée par la CGT et de nombreux députés socialistes. La guerre mondiale et le contexte économique de reconstruction qui s'ensuivait donnaient enfin l'occasion de faire aboutir cette revendication. Pourtant, un patron avait refusé à son ouvrière « la semaine anglaise ».

Plusieurs arguments en faveur de la loi des huit heures furent développés. L'afflux de main-d'œuvre provoqué par le retour des hommes du front faisait craindre une montée du chômage, d'autant que les femmes, qui avaient pris leur place pendant la guerre, s'étaient habituées à travailler.

Cette loi avait une portée générale, mais elle était récente et certains patrons rechignaient à l'appliquer. Elle s'appliquait aux salariés hommes et femmes et énonçait le principe de la journée de huit heures et de la semaine de quarante-huit heures, consacrant l'expression « les trois huit » : huit heures de travail, huit heures de loisirs et huit heures de sommeil pour l'ouvrier. Limiter le travail à huit heures par jour ou quarante-huit heures par semaine, voilà qui représentait, Kolvair l'admettait, un grand progrès social.

Il écouta d'une oreille moins attentive la suite de l'audience, préférant croquer dans son carnet le décor et les protagonistes. Lorsqu'ils annoncèrent le dernier cas, il rangea son crayon et se concentra.

Le président des prud'hommes, Jean Gaidon, ne semblait pas avoir remarqué la présence du commissaire. A ses côtés se tenait une femme d'une cinquantaine d'années, les traits aussi tirés que son chignon. Un écriteau en bois précisait son nom et sa fonction et il les consigna dans son carnet : *Lucienne Registre, vice-présidente.*

A sa gauche, Luc Lebreuil avait la mine fatiguée d'un enfant malheureux. François Viry, quant à lui, pérorait, très à l'aise. Lorsqu'il aperçut le commissaire, il marqua un temps.

— Je vous rappelle que l'histoire du dimanche a toujours été mouvementée...

Kolvair leva les yeux au ciel. Il boycottait le dimanche. Depuis les premiers temps du christianisme, cette journée rappelait le repos du Dieu créateur.

François Viry se racla la gorge, il discourait maintenant en faisant les cent pas.

— D'après le récent Bulletin officiel du ministère du Travail, la loi de 1906 sur le repos hebdomadaire arrive en deuxième position dans le classement des infractions à la législation du travail...

— Devant les prescriptions réglementaires relatives à l'hygiène et à la sécurité des travailleurs et au travail de nuit dans les boulangeries, coupa la vice-présidente.

Dans l'assemblée, les hommes hochèrent la tête. Luc Lebreuil toussota, puis prit la parole :

— Malgré son accueil favorable dans le monde ouvrier, la pratique du repos hebdomadaire le dimanche entre difficilement dans les mœurs industrielles et commerciales...

Il ne termina pas sa phrase, François Viry le pointa du doigt.

— Mais enfin tu plaisantes, Luc ! Si la famille de Madeleine Ronsard avait porté plainte contre toi, tu imagines le scandale ! On aurait eu l'air de quoi, nous, au conseil des prud'hommes...

Le commissaire n'avait pas besoin d'explications : Viry faisait la leçon à Lebreuil. A l'heure matinale du jour de sa mort, un dimanche, jamais Madeleine Ronsard n'aurait dû se trouver dans l'atelier de tissage d'un des membres du conseil.

Faites ce que je dis, pas ce que je fais... ironisa en silence le commissaire, sans lâcher des yeux François Viry.

C'était l'hôpital qui se moquait de la charité puisque le bonhomme, sous ses allures rigides, ne se gênait pas pour embaucher au noir. Et plus souvent qu'à son tour. Car parmi la longue liste des ouvrières qu'il ne déclarait pas, Madeleine Ronsard n'était qu'un exemple, une goutte d'eau qui faisait déborder le vase de l'exploitation. Lorsque ses pairs prud'homaux apprendraient ses abus, le commissaire ne doutait pas que l'arrogance et l'autorité de Viry en prendraient un sacré coup.

Se pouvait-il qu'il se soit débarrassé de Madeleine Ronsard car elle menaçait de dénoncer ses pratiques abusives ? L'inconnue du pré aux Moines serait-elle une autre de ses ouvrières revendicatrices ? Craignant pour sa réputation, l'industriel aurait-il commis l'irréparable en réduisant au silence ses salariées gênantes ? A ce stade de l'enquête, tout était possible. D'autant que Kolvair n'avait pu vérifier l'exactitude de son alibi.

Une fois la salle vidée de son auditoire, Kolvair s'approcha des cinq élus. Le président et sa vice-présidente le saluèrent, Jean Gaidon ne l'avait toujours pas reconnu. Lebreuil, quant à lui, ne parvenait pas à décrocher ses yeux de la canne sur laquelle le commissaire prenait appui.

Viry l'ignora. Il rassemblait ses affaires, feignant de devoir partir au plus vite.

— Monsieur Viry, j'aurais besoin de vérifier avec vous certaines de vos déclarations...

Comme il s'y attendait, l'industriel ne tenta pas de se dérober. Jean Gaidon proposa son bureau de président, prit la tête du petit groupe.

Sommé de se disculper pour le meurtre de Madeleine Ronsard, Viry confia, penaud, qu'à l'heure du crime il était occupé. Chez Lili. Le commissaire détailla la morphologie de l'industriel. C'était un homme de petite taille, moyenne envergure, grande insolence. En se rappelant les théories de Lombroso, il se fit la réflexion que ces indices physiques ne l'assuraient ni de la culpabilité ni de l'innocence de François Viry.

Lorsque, enfin, son collègue reconnut ses embauches non déclarées, Jean Gaidon eut besoin d'un long moment pour reprendre ses esprits. Lebreuil, atterré, ne fit aucun commentaire. Lucienne Registre, quant à elle, assura qu'elle s'en doutait et exigea son immédiate révocation du conseil des prud'hommes.

Kolvair repensait à ce que lui avait dit Bianca Serraggio des travaux de Leopold Szondi. Ce médecin hongrois, psychopathologiste, fondateur de la « psychologie du destin », cherchait à élucider la transmission génétique de facteurs conditionnant notre vie mentale et Bianca correspondait avec lui. Ayant eu vent des « crimes atroces de la Croix-Rousse », ainsi que les appelait la presse, il avait, par télégramme, conseillé sa consœur lyonnaise.

Victor Kolvair se laissa bercer par les mots savants et éclairants du psychiatre, l'esprit concentré sur Madeleine Ronsard et l'inconnue, qui le resterait à jamais s'il ne parvenait pas à trouver son meurtrier.

Il se leva d'un bond pour saisir la liste des fabricants de soie. Une énième fois, il la relut : Toussaint Déchazelles, Edmond Gillet, Jean Gaidon, Luc Lebreuil, Yves Patou et François Viry.

D'un coup, la chaleur le fit transpirer. Il sentit un malaise l'envahir. Pour reprendre ses esprits, il fit quelques pas jusqu'à sa fenêtre. Il alluma une cigarette en regardant, dans la rue de la Bombarde, la vie qui animait la ruelle.

Kolvair, subitement, claqua sa paume sur son front. Dans le bureau du président des prud'hommes où il avait interrogé François Viry, il avait aperçu un livre en braille et si, sur le moment, il n'y avait pas prêté attention, cela maintenant le frappait. Il vérifia les notes sur Gaidon. L'homme n'avait pas menti, tout avait été vérifié. Tout ce qu'il avait dit.

Kolvair arpentait de long en large son bureau quand la sonnerie du téléphone retentit. Il se figea en tirant frénétiquement sur sa cigarette. Soufflant la fumée par le nez, il se remémora sa première rencontre avec le président des prud'hommes. Il était alors préoccupé par la découverte du troisième corps, celui de Gisèle Patou. Lorsque le silence revint, après six interminables sonneries, le commissaire eut l'impression de continuer à entendre siffler dans sa tête une des Ouvertures tonitruantes de Wagner. Certes, avec le plus grand soin, il avait vérifié l'exactitude des déclarations de Jean Gaidon, mais qu'en était-il de ce qu'il avait tu ?

On frappa trois coups à sa porte. Le professeur lui demandait de le rejoindre immédiatement au laboratoire.

— Un échec ? répéta le commissaire, dépité.

Le crâne de l'inconnue du pré aux Moines avait été si défoncé que le moulage en argile et en plâtre, élaboré par le professeur Salacan, ne permettait aucune hypothèse sur la moindre expression.

Censé fournir des indications sur les formes et contours des traits de la personne lorsqu'elle était vivante, le moulage de la reconstitution faciale n'avait rien donné. Salacan fit tourner sa longue moustache entre son pouce et son index en opinant, il avait tout tenté, même d'assembler les fragments de crâne à l'aide de cire. Il fallait se rendre à l'évidence, les violents et répétés coups de rabot métallique portés par le meurtrier à la tête de sa victime avaient massacré les chairs trop en profondeur, ni l'argile ni la cire ne viendraient à bout du carnage.

— Cela nous confirme une chose : le meurtrier n'a pas défiguré cette victime à ce point sans raison. Il la connaissait, admit-il en se remémorant les explications de Bianca. Et même très bien, surenchérit-il.

Salacan et Durieux acquiescèrent en échangeant un regard.

— Tu as parlé d'une bonne nouvelle, quelle est-elle ? reprit le commissaire.

— Un des cheveux prélevés sur le cadavre de notre inconnue est semblable à l'un de ceux trouvés sous les ongles de Madeleine Ronsard, assura Durieux.

Kolvair s'impatienta. A ce stade de l'enquête, ils ne savaient pas grand-chose, mais avaient quand même déjà découvert que les deux victimes avaient le même meurtrier. Il porta à sa bouche une cigarette qu'il n'alluma pas.

— Et il ne s'agit pas d'un cheveu ni d'un fil de soie, voyez-vous, commissaire, mais d'une fibre synthétique.

Salacan avait le ton grave. Il avisa une solution iodée dans laquelle baignaient plusieurs échantillons. Tout foutait le camp, même à Lyon la soie n'avait plus le monopole.

— Magne-toi le train, Verin ! aboya Legone à son équipier.

Legone avait confié à un professionnel de la savate les entraînements sportifs des Brigades mobiles et, grâce à une pratique assidue, ses performances, aussi bien en vitesse qu'en endurance, augmentaient. En outre, il boxait de mieux en mieux. Leur professeur lui avait même fait un appel du pied pour concourir dans un combat professionnel. Legone avait décliné l'invitation, il avait d'autres ambitions.

Attendant que Verin, qui manquait d'entraînement, le rejoigne, il admira la demeure de la famille Lumière. Un portail, aussi dissuasif que Cerbère, clôturait un parc vaste et arboré.

Legone n'était pas très à l'aise dans la nature, la verdure ne l'inspirait pas, il ne s'extasia donc pas devant les bourgeons et les fleurs. Il était surtout impressionné par l'imposant château.

— Il y a de l'argent, ici.

La bâtisse aux volumes démesurés transpirait la réussite sociale. Une vigne vierge ourlait les murs, tel un emballage trompeur. Legone se fit la réflexion qu'elle était idéale pour garder sa fortune discrète.

Le vrai Legone avait étudié à La Martinière, la plus grande école technique de la région. Les fils Lumière aussi.

Legone sourit. Pour le passionné de cinéma qu'il était, c'était une chancc inouïc.

A l'automne 1894, Antoine Lumière, le père, demanda à ses fils de trouver un système pour obtenir des images animées. L'idée était dans l'air et aucun inventeur n'avait encore trouvé la solution.

Auguste fut le premier à s'atteler au problème, mais ce fut Louis qui trouva la solution. Une sorte de petite griffe, qui faisait avancer la bande de film. Considéré comme le génie de la famille, Louis était aussi un artiste et Legone aimait s'identifier à lui. Les frères Lumière inventèrent le Cinématographe en 1895. L'appareil était en même temps une caméra et un projecteur et il copiait d'autres films. Ces caractéristiques permirent de projeter le film au public et non plus seulement de le faire visionner par une seule personne à la fois.

Les frères Lumière filmèrent aussi les premières actualités et les premiers documentaires, délaissant les conventions littéraires et théâtrales au profit des simples réalités humaines.

Ce qui ne manquait pas d'amuser Legone. Les films qu'il réalisait ne faisaient-ils pas, eux aussi, dans le réalisme social ?

Il savoura ce moment en reniflant bruyamment, exulta et, pour finir, cracha par terre.

Legone espérait bien mettre dans sa poche la famille Lumière. L'amitié n'était pas sa tasse de thé, son seul objectif était de pouvoir se compter parmi leurs fréquentations.

A travers le grillage, il admira le perron du petit château. Il raffolait de tout ce qui l'éloignait de ses origines rurales et picardes.

L'inspecteur Verin, essoufflé et rougeaud, le rejoignit enfin.

Ils longèrent sans bruit le mur de brique de l'usine de produits chimiques du groupe, dans laquelle travaillait Norbert. Legone se concentra. Il avait tout prévu, tout répété, il n'aimait rien tant que de se raconter des histoires et tout se passa comme sur des roulettes. L'arrestation de Norbert fut sportive, le gars n'était pas un pacifiste. Legone resta à l'écart, laissant faire ses hommes, et arriva en sauveur, calmant son équipe et rassurant Norbert. Bien sûr, les deux firent comme s'ils ne se connaissaient pas.

— Si, comme vous le dites, vous n'avez rien à voir avec tout ça, vous serez vite sorti.

A la dérobée, il lui envoya un clin d'œil et, rasséréné, Norbert suivit les hommes du Tigre jusqu'au palais de justice.

Une fois seul avec lui, l'inspecteur lui demanda s'il avait eu le temps de terminer le montage de son dernier film. Norbert acquiesça et, confiant, lui indiqua où trouver la bobine. Surexcité, Legone ne pensa plus qu'à visionner son œuvre, le reste lui importait peu. Pour cela, il ordonna à son collègue, l'inspecteur Verin, de mettre le suspect au frais puis, content de lui, il quitta le palais. *Etre* Julien Legone était un boulot à plein temps.

Certaines expériences scientifiques étaient rebutantes, quelques autres harassantes, la plupart passionnantes. Ces derniers jours, même si la surcharge de travail pour le laboratoire de police lui avait laissé peu de temps pour sa thèse, Durieux avait mis au point un vélo fixe et l'avait installé dans le fond du laboratoire.

— Viens, Génome, dit-il en sortant le chimpanzé de sa cage.

Le primate semblait ravi, le jeune physiologiste l'aida à s'asseoir sur la selle, l'attacha, puis calcula le nombre de pulsations cardiaques de l'animal avant effort. Ensuite, il lui demanda de pédaler.

— Régularité et endurance.

Génome, obéissant, pédala de bon cœur.

Durieux continuait ses multiples tests sur les accélérations et les ralentissements du cœur humain, espérant secrètement que ses recherches pour élucider le mal aigu des montagnes permettraient de désenclaver la science. Et, surtout, faciliteraient sa sélection pour la prochaine expédition française au Pérou. Il rêvait de cette odyssée montagnarde. Une occasion unique pour lui, modeste savoyard, de gravir le sommet principal du massif de Huascarán, six mille sept cent soixante-huit mètres. Le comité examinerait sa candidature et prendrait sa décision dans quelques mois, Durieux mettait à profit ce temps pour approfondir ses expériences sur les troubles respiratoires à plus de six mille mètres. Il réfléchissait aussi aux autres manifestations liées à l'altitude. Les gelures, notamment, le préoccupaient.

— Et surtout, tu ne t'arrêtes pas, ordonna le physiologiste à son cobaye, avant de se pencher sur lui, avec respect et sérieux : Détendez-vous, tout va bien se passer… murmura-t-il à voix basse, pensant à Blandine.

La jeune femme, avec qui il avait partagé un autre de ses projets, s'attaquer à la face nord des Grandes Jorasses, ne cessait de l'encourager. Il comptait emprunter la pointe Croz, à quatre mille cent dix mètres, et s'il y parvenait, il serait le premier à franchir un des principaux « problèmes » des Alpes. Il s'efforça de ne plus penser à Blandine, se faisant la réflexion qu'avec les femmes il fallait adopter le même comportement qu'en montagne. Pour ne pas tomber de haut, mieux valait garder ses distances.

Le professeur Salacan travaillait, quant à lui, au classement monodactylaire du fichier des empreintes digitales. Il appliqua la méthode lyonnaise, laquelle appelait les boucles des empreintes « droites » et « gauches », et non « externes » et « internes ». Alors qu'il s'échinait à mesurer la ligne de Galton d'un annulaire, à l'aide d'une réglette millimétrée, le téléphone retentit.

— Salacan, j'écoute.

Au fur et à mesure que son interlocuteur lui parlait, le professeur blêmissait. Lorsqu'il fut aussi gris que sa blouse, il parvint à prononcer quelques mots :

— C'est grave ?

Aussitôt, Jacques Durieux tendit l'oreille et remarqua que Salacan était en train d'enrouler sa moustache autour de son index avec une nervosité peu habituelle.

— J'arrive.

Le professeur raccrocha et, avant de se tourner vers son assistant, prit une longue et grave inspiration.

— Ma femme a été victime d'un accident de voiture. Tout va bien, elle est sauve.

Jacques Durieux écarquilla les yeux, tombant des nues. S'il ne connaissait pas madame Salacan, il savait l'essentiel. Le professeur respectait et aimait profondément son épouse.

— Je suis désolé…

Ce fut tout ce que l'élève trouva à dire.

— Heureusement elle allait à Lourdes... Les miracles existent... conclut le professeur en baissant la voix.

Sa phrase resta en suspens.

En énonçant ces faits, il se rendit compte qu'il n'avait même pas eu l'obligeance de demander, à l'infirmière qui venait de téléphoner, des nouvelles de la femme et de la fille du procureur. C'était avec elles que Justine, son épouse, était partie ce matin, en automobile.

Le procureur Pierre Rocher n'avait pas dormi de la nuit. Hermine, sa bonne, lui servit une pleine tasse de café noir comme du charbon et déposa les journaux. Il ne lui adressa ni parole ni regard, plongé dans ses soucis.

Son épouse ne se trouvait pas dans la voiture accidentée, elle était donc saine et sauve. En revanche, c'était leur fille Philomène qui conduisait l'épouse du professeur Salacan. Toutes deux étaient vivantes, mais grièvement blessées. Tout à l'heure, il s'était rendu à l'hôpital, au chevet de sa fille. Elle dormait et semblait paisible, apparemment hors de danger.

Rassuré, il n'avait pas cherché à en savoir plus et ne s'était pas éternisé, répugné par les odeurs et les geignements des malades. Pourtant, Rocher était tracassé, son orgueil meurtri. Lui n'avait jamais cru son épouse lorsqu'elle assurait que leur Philomène mentait comme elle respirait.

« C'est une qualité, Pierre, nous sommes bien d'accord », précisait alors madame Rocher.

Il s'empara du quotidien lyonnais en se faisant la réflexion que, sans la vivacité de Philomène, l'appartement était bien triste. Leur fille n'était pas leur unique enfant, simplement Rocher ne pensait plus à leur fils aîné.

En réalité, il ne pensait qu'à ça, mais interdisait la moindre évocation de sa personne en sa présence. Paul-Robert, brillant élément, s'était amouraché d'une fille d'ouvrier. Bien décidé à l'épouser, il avait claqué la porte au nez de ses parents, scandalisés. Ce départ avait pris au dépourvu le procureur, lui qui avait tant misé sur ce cher fils. Il avait alors investi son temps et son argent dans l'éducation de leur cadette. Jamais la jeune fille ne l'avait déçu et cet accident de la route était plus qu'embarrassant. Heureusement, tout se terminait bien, l'épouse du professeur Salacan était hors de danger.

Il feuilleta *Le Progrès*, le président Deschanel reprenait doucement ses esprits, les grèves se durcissaient encore…

Soudain, il découvrit, ahuri, une pleine page sur l'accident de sa fille, illustrée de photos de la voiture cabossée et tordue comme un accordéon. Sur l'une d'elles apparaissait sa femme. Ce ne fut pas cela qui l'intrigua. Son épouse se trouvait dans un véhicule qui suivait celui de leur fille, elle s'était donc arrêtée pour porter secours.

Ce qui retint son attention se trouvait juste à la droite de son épouse. Un homme, jeune et bellâtre, un prêtre comme en témoignait la soutane, épaulait madame Rocher. Le photographe avait saisi son regard, or l'ecclésiastique dévorait passionnément des yeux l'épouse du procureur.

Le procureur déglutit difficilement, comme si un grain de sable s'était coincé dans sa gorge. Si sa femme n'accompagnait pas leur fille et madame Salacan, comme il était convenu, ce n'était nullement parce que, comme elle l'avait assuré, elle souhaitait prendre ses aises. C'était pour être en tête à tête avec son amant. Sa femme le trompait. Avec un homme d'Eglise, qui plus est !

Il reposa sa tasse en porcelaine dans le petit cercle taillé de la soucoupe et la poussa sur le côté. Il avait besoin d'air et de place et surtout d'un long moment pour reprendre ses esprits.

Le carillon de la porte de l'appartement le fit sursauter. Que signifiait cette visite matinale ? Il pensa aussitôt à sa fille et blêmit. Se pouvait-il qu'il lui soit arrivé malheur durant la nuit ? Il n'eut pas le temps de fantasmer plus longtemps, la bonne annonça l'inspecteur Legone. Le procureur en fut soulagé, mais pas moins rassuré.

— Que se passe-t-il ?

— Norbert Lacourge, l'assistant des frères Lumière…

— Eh bien, quoi ?

— Il menace de parler et ses déclarations mouilleraient certaines personnalités…

Legone se racla la gorge.

— Il m'a demandé de vous remettre ceci, ajouta-t-il finalement en tendant au procureur une bobine.

Le procureur la prit en fronçant ses sourcils en bataille, il ressemblait à une chouette sidérée.

— Qu'est-ce que c'est ?

— Un film.

— Oui, j'ai vu, merci. Mais un film de quoi ?

— Je crois que vous devriez le visionner…

Il regarda avec insistance le procureur.

— Vous l'avez vu ? demanda Rocher, pour le moins intrigué.

— J'ai regardé les premières secondes. Pour m'assurer qu'il n'y avait rien de dangereux, assura-t-il, affable.

— Et ?

— Dangereux, non. Compromettant, oui.

Il s'effaça pour laisser entrer trois hommes costauds et silencieux, les bras chargés d'un appareil de projection. Legone les congédia, prépara la bobine, puis tourna la manivelle. La lentille projeta les images animées sur le mur. Il s'agissait du film dans lequel Jo la Cèpe et Philomène Rocher se donnaient en spectacle.

— C'est le dernier film que Norbert a réalisé, précisa l'inspecteur. Nous l'avons saisi chez lui.

A la dérobée, Legone guettait Rocher. Ce dernier se mit à trembler, il avait reconnu la marque sur la main de la jeune fille. La tache caractéristique des Rocher… Le procureur se détourna, indiquant à Legone de cesser la projection.

— Vous êtes certain, Legone, qu'à part vous et moi personne ne l'a vu ?

L'inspecteur acquiesça, jubilant intérieurement. Il se garda bien de révéler qu'il avait rangé, par mesure de précaution, l'original du film dans ses archives personnelles. Pour diriger la vie à la façon d'un cerf-volant, anticipant les courants favorables, Legone était le meilleur.

Comme l'inspecteur l'avait présagé, Rocher était atterré, il n'eut besoin ni d'épiloguer ni d'en rajouter.

— Agissez le plus discrètement possible, inspecteur, débita Rocher en se disant qu'il aurait une sévère explication avec sa fille.

Legone jubilait.

Le procureur lui accordait sa bénédiction pour enterrer l'affaire, c'était tout ce qu'il espérait de cette visite. Ainsi, il s'assurait de reprendre au plus vite ses tournages. Il quitta donc les lieux, doublement satisfait.

Rocher, abasourdi et amer, n'eut pas le temps de se rasseoir car la sonnerie de la porte se fit à nouveau entendre. Legone avait certainement oublié quelque chose.

Lorsque Hermine, toute tremblotante, fit irruption sans frapper, talonnée par un docteur à la mine apathique qui annonça que l'état de Philomène s'était aggravé, Rocher n'eut aucune réaction. Sa femme le trompait, sa fille n'était pas celle qu'il espérait, cela faisait beaucoup pour un seul homme, qui de surcroît n'avait pas encore fini son café.

— Ces livres appartiennent à ma femme, monsieur le commissaire divisionnaire.

— Commissaire, tout simplement, le reprit Kolvair.

Jean Gaidon se tenait debout, Kolvair ne perçut en son interlocuteur aucune nervosité. Au contraire, l'homme parlait de son épouse comme d'une perle rare, partie le 21 avril prendre ses quartiers d'été dans la propriété familiale. Kolvair calcula que cela faisait trente-trois jours, or Durieux avait procédé à la datation des larves des mouches bleues prélevées sur le cadavre de l'inconnue et ses conclusions étaient sans appel : la vieille femme assassinée et trouvée dans le pré aux Moines était morte entre un mois et quarante jours plus tôt. Donc, entre le 14 et le 24 avril.

Kolvair aspira la fumée de sa tige et la garda un long moment à l'intérieur de ses poumons avant de la rejeter par les narines, se rappelant que dans les enquêtes le hasard n'existait pas.

Il appuya sur sa canne en fixant Jean Gaidon.

— Lui avez-vous parlé depuis son départ ?

Il fallait rester vigilant. Si, comme il le pressentait, madame Gaidon était l'inconnue du pré aux Moines, soit Jean Gaidon était le tueur, soit il allait tomber des nues en apprenant la mort de sa femme.

— Notre maison de campagne n'a pas encore le téléphone.

Il n'y avait rien d'étonnant à cela, l'installation puis la mise en service du réseau dépendaient des lenteurs administratives, pourtant Kolvair, soucieux, plissa le front. Devant la moue du commissaire, Jean Gaidon blêmit.

— Que se passe-t-il, commissaire ?

Kolvair afficha un sourire embarrassé.

— Avez-vous de ses nouvelles ? éluda-t-il.

— Bien sûr, répondit sans hésitation Jean Gaidon.

Le commissaire, remarquant l'étincelle qui venait d'allumer le regard du président des prud'hommes, se fit la réflexion qu'il avait peu eu l'occasion, dans sa carrière, d'observer un homme si amoureux. Se pouvait-il que Jean Gaidon, à l'instar du bon Dr Jekyll, cachât un diabolique Mr Hyde ?

— Nous nous écrivons chaque jour.

— Je peux voir ses lettres ?

L'homme sourit largement en lui tendant un paquet de quatre enveloppes. Le commissaire observa les dates d'envoi et repéra immédiatement que le cachet de la poste avait chaque fois été falsifié. Le dernier en date indiquait qu'une des lettres avait été postée six jours auparavant.

Voilà qu'il se trouvait probablement en tête à tête avec le tueur de la Croix-Rousse, il n'avait rien vu venir et cela l'étonna. Son intuition légendaire se serait-elle fait la malle ? Il se dit que l'heure n'était pas aux regrets mais à l'action et, afin de contenir son adrénaline, glissa sa main dans sa poche. Il sentit son arme, cela le rassura. Il repensa aux paroles de Bianca. L'homme qu'ils recherchaient avait eu une mère castratrice, était violent et organisé. Si Jean Gaidon était réellement cet homme, Kolvair devait redoubler de vigilance.

— Vous a-t-elle paru inquiète ?

Sans en demander la permission à Jean Gaidon, il ouvrit une enveloppe.

— Nullement ! fulmina le nouveau suspect. Et ce courrier est personnel, ajouta-t-il en tendant la main au commissaire.

L'homme entendait récupérer sa correspondance. Kolvair haussa les épaules.

— Je comprends bien, monsieur Gaidon, mais j'ai une sale enquête sur le dos.

Il avait parlé avec détermination et tranquillité, ce qui n'empêchait pas qu'il bouillait. Il termina de déplier la feuille et découvrit, stupéfait, que le texte était rédigé en braille. De toute évidence, ces lettres constituaient une preuve essentielle, aussi les emballa-t-il consciencieusement, protégeant les probables empreintes qui feraient, à n'en pas douter, le miel du professeur Salacan.

— Comment osez-vous ? vociféra Jean Gaidon. Je suis le président des prud'hommes ! rappela-t-il, virulent, au commissaire.

Furieux, il décrocha le combiné du téléphone.

— Passez-moi le cabinet du maire, mademoiselle, je vous prie.

Lorsque le commissaire interrompit la conversation en raccrochant avec fermeté le combiné, Jean Gaidon était aussi vert que sa cravate.

— Monsieur Gaidon, je vais vous demander de me suivre, annonça Kolvair le plus calmement du monde.

Totalement abasourdi maintenant, le président des prud'hommes n'opposa aucune résistance.

— Laissez-moi au moins prévenir ma fille !

Kolvair ne pouvait courir ce risque. Une jeune adulte de vingt et un ans pouvait tout à fait vouloir protéger son père et, par amour pour lui, dissimuler d'éventuelles preuves. Il se souvint d'une affaire où une mère s'était accusée d'un vol que son fils avait commis. Son métier lui avait plusieurs fois confirmé qu'entre membres d'une même famille tout était possible.

Le commissaire alla donc lui même interrompre le cours de piano d'Henriette Gaidon, lui demandant de les accompagner jusqu'au palais de justice.

3 mai 1916

Sans avoir la grâce de Garance, sa mère, Henriette n'était pas vilaine. Ses cheveux avaient repoussé, la rendant banale et jolie, ce qui n'était pas le pire.

Bien sûr, certaines différences persistaient.

Sa poitrine s'entêtait à ne pas pointer, le duvet au-dessus de ses lèvres à foncer, Garance le lui épilait ; certaines jeunesses s'épanouissaient dans la rondeur, d'autres, comme Henriette, dans la raideur.

Garance lui apprit à féminiser ses traits masculins.

En les mettant en valeur, Henriette devint une jeune fille regardable, élancée et non dépourvue d'humour.

Les jeunes gens lui firent la cour.

Garance veilla.

Jules fut celui qui émoustilla Henriette.

Garance veilla.

La guerre éclata. Jules partit.
Garance veilla.
Henriette lui écrivit, la passion perdura.
Garance veilla.

Lors de sa première permission, il demanda la main d'Henriette.

Jules était un excellent dessinateur sur soie, honnête et travailleur, droit et ambitieux. Prévenant, il aimait mademoiselle Gaidon pour sa belle âme.

Ravi et convaincu, Jean résolut de lui donner sa fille.

Garance paniqua. Un jour, elle gifla le jeune homme, le traitant de malotru.

Elle l'accusa de l'avoir pelotée.

Il eut beau s'en défendre, Henriette ne le crut pas. En toute circonstance, elle ne faisait confiance qu'à sa mère vénérée.

Henriette, blessée dans son orgueil, le gifla à son tour. Au même moment, elle sentit son sexe durcir sous ses jupons.

Elle crut que Jules lui avait envoyé un mauvais sort et, furieuse, elle le frappa violemment avant de le mettre dehors. De plus en plus excitée, elle sentit son sexe exploser de joie, c'était la première fois et Henriette trouva très agréable cette nouvelle sensation.

Elle en parla à sa mère, sa seule confidente.

Garance, catastrophée, lui intima de porter une nouvelle ceinture en fer, plus sûre.

Henriette n'avait jamais eu que les conseils de sa mère, la seule qui s'occupait d'elle et connaissait la médecine familiale, alors elle les suivait toujours lorsqu'ils concernaient sa « maladie ».

« Tu es malade, ma chérie, rien de plus. C'est un secret et ça ne regarde personne », lui répétait chaque jour Garance.

Henriette obtempérait. Toujours.

Elle obtempéra une fois de plus, mais ce fut un véritable supplice. Plus elle touchait son sexe pour l'attacher dans le tube en fer de la ceinture, plus il bandait.

Puis un jour, pour la première fois, elle n'enfila pas la ceinture.

Garance vint aux nouvelles.

— Il se tient tranquille ? demanda-t-elle à sa fille en avisant ses jupons.

Henriette décida qu'elle n'avait plus envie de raconter à sa mère l'évolution de sa « maladie ».

Lorsque le commissaire pénétra dans l'hôpital de la Croix-Rouge, il fut aussitôt assailli par un relent amer et poussiéreux, un amas de souvenirs. En effet, après son évacuation, la guerre de Victor Kolvair avait pris fin à la Croix-Rouge.

Elle avait commencé au service du chiffre.

« Les hommes qui aiment vraiment leur pays sont moins ceux qui le disent que ceux qui le prouvent. »

Aujourd'hui, ce genre de formule laissait le commissaire de glace, mais il lui semblait entendre encore son supérieur, un homme obséquieux et détestable. Il l'avait ressassée chaque jour des dix-huit premiers mois du conflit, ironique et vautré dans un confortable fauteuil. A l'arrière, les journées étaient plus calmes et privilégiées. Très vite, le terrain manqua au policier, qui demanda son transfert sur le front. En avril 1915, dès son arrivée en Champagne avec le 38e régiment d'artillerie de campagne, le bourdonnement lointain des obus l'accabla. Les mitraillettes vociféraient, la terre d'habitude généreuse n'était plus qu'un champ lunaire, l'air et le vent crachaient une symphonie d'odeurs macabres ; pas une seule herbe ne survivait au carnage, les barbelés étaient bien seuls à pousser ; la fatigue et la crasse durcissaient les traits.

Malgré cela, il ne regrettait pas son engagement puisque le hasard avait voulu qu'il retrouve son camarade Guillaume Apollinaire. Ensemble ils devisaient, partageaient leur tabac et remplissaient leurs carnets de dessins et de diverses notes.

Kolvair eut besoin de prendre une profonde respiration. Les locaux de la Croix-Rouge sentaient le sang et la douleur, ici la guerre se prolongeait, les coups de bistouri et les odeurs d'éther ravivaient sa mémoire autant que ses plaies.

Il n'avait pas oublié le 17 mars 1916. Le vent soufflait, l'air était froid, il s'était arrêté de pleuvoir, mais la terre restait boueuse. Le commandant appela Kolvair, seul capable de déchiffrer un message codé. A peine entrait-il dans l'abri qu'un obus éclata, à quelques mètres, frappant Apollinaire à la tempe.

Il n'avait plus jamais revu son camarade poète, transporté à Paris pour y être trépané.

Il avait beau se concentrer, il ne parvenait pas à se rappeler avec exactitude le moment où un éclat d'obus avait déchiré ses jambes ; il se souvenait que c'était l'été mais tout était allé très vite et, depuis ce jour, le temps était comme suspendu.

Laissé pour mort et abandonné dans une grange, il avait repris connaissance et déchiffré un petit carton accroché à sa vareuse : *Lieutenant Victor Kolvair. Dans le coma*. Ensuite, son regard hagard s'était posé sur ses membres inférieurs, son mollet gauche semblait blessé, puis il avait remarqué son genou droit déchiqueté. Il s'était aussitôt redressé, la tête lourde et douloureuse, avait avisé ses deux bras, bien là. Il avait ensuite attendu les secours, arrivés bien plus tard en la personne d'un taciturne capitaine. Sous la mitraille, le brave soldat avait chargé le commissaire sur ses épaules et l'avait ramené à l'état-major. Sur place, le médecin l'avait amputé à hauteur de la cuisse, craignant la gangrène. Il n'y avait pas d'anesthésiant, Kolvair était resté de marbre. Etrangement, l'opération avait soulagé ses chairs à vif.

Le commissaire s'adossa au mur pour laisser passer deux brancardiers qui évacuaient un blessé.

— « La nuit descend/On y pressent/Un long un long destin de sang », murmura-t-il, récitant les mots de son camarade.

Il avait eu le privilège de lire, avant tout le monde, ces mots inspirés par les tranchées qu'Apollinaire destinait à Lou.

Le directeur de l'hôpital laissa à disposition de Kolvair un bureau dans lequel, la matinée durant, il rencontra plusieurs infirmières qui avaient aidé Garance Gaidon à appréhender sa cécité. Une chose intrigua Kolvair : lorsque les gens se souvenaient de madame Gaidon, ils parlaient inévitablement d'Henriette, sa fille, les rendant indissociables.

Lorsque Kolvair nota qu'Henriette Gaidon travaillait, depuis la guerre, pour la Croix-Rouge, il se dit que, si sa sœur à lui avait fait de même, leur mère aurait bien été capable de tomber malade uniquement pour avoir une raison valable de passer ses journées à l'hôpital et, ainsi, ne pas lâcher d'une semelle sa fille. Le seul fiancé qu'elle avait jamais eu, leur mère l'avait fait fuir.

Elles sont toutes les deux misandres, pensa-t-il.

Kolvair tenta d'en savoir un peu plus sur la mère et la fille Gaidon. Concernant Garance, le personnel médical usa de tact : une dame autoritaire et secrète, fervente catholique. Kolvair comprit que personne ne s'aviserait de décrier la femme du très respecté Jean Gaidon.

« Serviable » et « effacée » furent les adjectifs qu'employèrent la plupart des infirmières pour qualifier la fille. Les hommes, quant à eux, n'avaient aucun avis, Kolvair remarqua que ceux qui se la rappelaient la décrivaient transparente et insipide.

« Gentille », avait précisé, très sérieux, un brancardier au commissaire.

Le policier comprit que, dans la bouche du cynique jeune homme, cette affirmation n'avait rien d'élogieux. En rejoignant sa voiture, il alluma une cigarette, la tête pleine de voix et l'impression de n'avoir pourtant rien appris sur Henriette Gaidon.

— Jamais bon signe, marmonna-t-il.

Le juge Marcel Puzin délivra une autorisation de perquisition de l'appartement des Gaidon. Kolvair, surchargé d'interrogatoires et de dépositions, ordonna à Legone et sa brigade de s'en charger.

Situé sur la Croix-Rousse, il était spacieux mais sombre. Le parquet et les meubles avaient récemment été astiqués et l'odeur de cire, entêtante, perdurait. Les drapés des rideaux de soie, épais et brodés, obturaient le peu de lumière et confinaient la pièce pourtant vaste, créant une atmosphère lugubre.

Soudain, alors qu'il retournait les nombreuses toiles de maître pour vérifier qu'aucune planque n'y était dissimulée – rien à signaler –, l'inspecteur Legone entendit des éclats de rire et de voix. Deux de ses collègues étaient partis fouiller les chambres, il les rejoignit dans celle d'Henriette Gaidon.

Un des policiers du Tigre, Eugène – large cou et haut sur pattes, le contraire d'un félin –, avait avec application mis la pièce sens dessus dessous. Rien de plus normal pour un spécialiste des fouilles. Il tenait un vêtement dans sa main, le lit était retourné, dévoilant une structure en fer et un sommier clouté. Legone ne parla pas pendant un court instant, tournant autour du lit, observant les détails.

— C'est plus un lit, c'est un instrument de torture, chef ! lui lança Eugène.

L'inspecteur Legone, qui appréciait que son subordonné l'appelât « chef », opina en souriant largement. Ce lit serait parfait pour son prochain film.

— Et c'est ce qui te rend si enjoué ?

— Regarde, dit Eugène en tendant le vêtement qu'il tenait dans sa main, je l'ai trouvé dans le traversin.

C'était une chemise de nuit. Elle avait été coulissée avec du fil épais pour empêcher de toucher les organes génitaux. Elle était confectionnée en toile de jute. Or, Kolvair l'avait clairement stipulé dans son rapport d'enquête, les résultats d'analyse de la toile putréfiée qui enveloppait le cadavre de l'inconnue du pré aux Moines révélaient qu'elle était composée de jute. L'inspecteur jubila en frottant le tissu râpeux entre ses deux doigts. Kolvair allait être content et par ricochet ceci serait bénéfique pour sa brigade.

— On emporte tout ça au palais, ordonna Legone en se dirigeant d'un pas nerveux vers la sortie.

Il n'eut pas le temps de l'atteindre, Eugène l'interpella. Il brandissait un curieux objet.

— Ça aussi, chef ?

L'embout, oblong et en métal rigide, ressemblait à un tuyau.

— Ça m'a tout l'air d'un instrument de supplice, commenta Legone, absolument pas désemparé.

Lorsqu'il s'agissait de cruauté, rien ne semblait l'étonner.

Appartenait-il à Jean Gaidon, le seul homme de la famille ? Peut-être les analyses scientifiques de l'objet incongru permettraient-elles de le prouver. Kolvair avait vraisemblablement vu juste en coffrant le bonhomme. Les fentes des yeux de Legone brillèrent. Il se passait des choses bizarres dans cette maison.

Préférant ne pas commettre de nouvel impair, il téléphona au professeur Salacan, le pressa de venir les rejoindre.

Dans la chambre d'Henriette, outre ses nombreux prélèvements experts, le professeur découvrit un paquet de lettres. Il les apporta au commissaire. Henriette avait eu, avant 1914, un fiancé. Kolvair ne parvint pas à se décider, l'écriture étant difficile à déchiffrer : l'homme se dénommait Jules Mamairse, ou Mamoirse.

— J'ai fait table rase de ce passé, indiqua l'homme au commissaire.

Jules Mamairse avait la tête d'un homme heureux et, en regardant son épouse, enceinte et épanouie, Kolvair se fit la réflexion qu'il avait raison de l'être.

— J'étais jeune, Henriette me subjuguait, elle dessinait et jouait du piano à merveille, mais elle était...

Jules Mamairse n'acheva pas sa phrase immédiatement, la laissant en suspens. Après que sa femme lui eut pris la main, il enchaîna :

— Ailleurs...

Kolvair, se représentant mal ce qu'insinuait le soyeux, insista :

— Ailleurs ? répéta-t-il.

— Oui, confirma Jules Mamairse. Etrangère à elle-même.

— Etrangère à elle-même...

Répéter aidait le commissaire à réfléchir.

— Et puis, malgré sa maigreur, elle avait la force d'un homme.

En consignant ces mots dans son carnet, Kolvair pensa à Bianca. La jeune femme restait sans cesse à l'écoute des mots, comme s'ils contenaient tous les maux. Cette attitude le rendait dubitatif. En l'occurrence, le meurtrier de Madeleine Ronsard et de Garance Gaidon avait employé une « force », cet outil de canut qui permettait une découpe minutieuse et crochetée – Kolvair savait que quelques navettiers, plieurs et épingliers, ainsi que certaines canetières et remetteuses, l'utilisaient encore –, et l'emploi de ce terme dans la bouche de Jules Mamairse alerta le commissaire. Il l'écrivit en lettres majuscules sur une page blanche de son carnet et le souligna trois fois, finissant même par l'entourer.

Lorsque Kolvair quitta le domicile du couple Mamairse, une curieuse sensation l'avait envahi, comme si la mort le suivait de près.

20 janvier 1920

Pour fêter Paul Deschanel, élu président de la République trois jours auparavant, et le nouveau ministère Millerand, la Croix-Rouge organisa une fête. La mode à la garçonne charriée par la guerre avantageait parfaitement Henriette. La jeune femme, taciturne, travaillait bénévolement pour la Croix-Rouge, où son dévouement suscitait l'admiration. Garance et Jean étaient fiers d'elle.

Garance perdit la vue comme elle avait perdu sa première fille. En silence.

Son époux resta toujours prévenant, la couvrant de cadeaux et de tendresse.

Henriette, avec et pour sa mère, apprit le braille.

Garance et Jean étaient fiers d'elle.

Henriette passait de plus en plus de temps à la Croix-Rouge. Sa force musculaire, étonnante pour une jeune femme, et ses précieuses connaissances en braille la rendirent indispensable. De nombreux soldats, rentrés aveugles, avaient besoin de rééducation et de cours.

Garance et Jean étaient fiers d'elle.

Les traitements de Garance avaient atteint leur objectif. Le sexe d'Henriette était enfin devenu impuissant, Henriette était guérie. Ce fut en tout cas ce que sa mère lui assura.

Garance jeta à la poubelle la ceinture qu'Henriette avait été obligée de porter.

Henriette, en cachette, la récupéra.

Elle la lava et cassa le petit embout métallique, ce petit tuyau qui, à force de comprimer son sexe, l'avait brisé.

En souvenir de ses rares érections, qui lui avaient procuré tant de plaisir, elle sculpta un phallus démesuré.

Puis elle le souda à sa ceinture.

C'était toujours inconfortable, mais viril. Henriette jubilait.

Parfois, seule dans sa chambre, elle l'enfilait.

Garance, en vieillissant, devenait acariâtre.

Un jour, elle réclama Henriette.

La jeune femme accourut pour la soulager.

— Pas toi ! Tu es un mauvais garçon ! Va chercher ta sœur !

La jeune femme, désemparée et meurtrie, eut une énième et violente crise d'asthme.

Le soir même, à la Croix-Rouge, elle rencontra Madeleine Ronsard.

Cette vieille femme aveugle, qui aimait beaucoup Henriette, si prévenante et gentille, avait l'âge de sa mère.

L'interrogatoire de Jean et Henriette Gaidon tournait au fiasco. Leur avocat leur ayant conseillé de garder le silence, le père et la fille restaient muets.

La paume soutenant son menton, Kolvair laissa ses yeux balayer les pièces à conviction que Legone et ses hommes avaient ramassées lors de leur édifiante perquisition. Il fallait l'admettre, ils avaient fait du bon boulot. Il se sentait sous tension, ce n'était pas désagréable.

Plusieurs zones du dossier, jusque-là obscures, s'éclaircissaient. Si, d'emblée, elles n'accusaient pas Jean Gaidon, pas encore en tout cas, les preuves scientifiques plaçaient l'homme en bien mauvaise posture, celle du principal suspect.

D'abord, Hugo Salacan et Damien Badou étaient catégoriques. Le diamètre de l'objet trouvé dans l'appartement des Gaidon correspondait aux agressions anales. L'embout en métal figurait, pour celui qui l'avait créé, un phallus. C'était donc bien avec cet objet insolite que le meurtrier avait violé ses deux victimes.

Kolvair souffla la fumée de sa cigarette par la fenêtre ouverte. L'excitation de toucher au but additionnée à l'air lourd rendait la pièce suffocante. Il resta silencieux. Legone avait assuré avoir trouvé cette pièce à conviction dans la chambre d'Henriette Gaidon et son père avait crié à l'infamie. Jamais il n'avait vu cet objet chez lui. La jeune femme, quant à elle, semblait outrée et confirmait les affirmations de son père.

Par ailleurs, Salacan avait procédé à des analyses de cheveux de Garance Gaidon prélevés sur son peigne. Il avait ensuite comparé les résultats avec ceux des cheveux du cadavre et ils correspondaient. L'inconnue du pré aux Moines avait livré ses secrets, elle portait dorénavant un nom : Garance Gaidon. Fort de ces indications, Badou, à l'heure qu'il était, pratiquait une nouvelle autopsie et apporterait bientôt d'autres preuves irréfutables.

Kolvair, qui venait d'annoncer cette information à Jean Gaidon, alluma une cigarette en l'observant à la dérobée. Certes, l'homme était en nage, mais il n'y avait rien d'étonnant à cela. Les températures ne cessaient de grimper, la nuit serait chaude, un temps idéal pour la pêche en haute mer. Pour l'heure, Gaidon ressemblait à un roseau déterminé à ne pas flancher.

Kolvair avait du mal à se représenter le président des prud'hommes en coupable de crimes si monstrueux.

Gaidon se redressa sur sa chaise.

— Si ce que vous dites est vrai, je dois m'occuper de ses obsèques.

Kolvair, dans l'attente de résultats probants et pour éviter tout scandale, respecta scrupuleusement la procédure. Il relâcha donc le suspect et sa fille. Cette jeune femme, sèche et outrageusement maquillée, portait malgré la chaleur une écharpe autour de son cou. En les regardant partir, Kolvair se fit la réflexion qu'elle était une bien étrange gamine.

Quatre hommes de Legone reçurent l'ordre de les prendre en filature jusqu'à leur domicile puis de planquer discrètement devant l'immeuble.

Salacan et Durieux ayant immédiatement repéré des taches suspectes dans l'automobile des Gaidon, le véhicule avait été saisi. Ils avaient effectué de nombreux prélèvements, dont un morceau de rotin de la malle putréfiée. Garance Gaidon, une fois assassinée, avait été trimballée dans sa propre voiture jusqu'au pré aux Moines.

— Charmant, commenta le commissaire.

Il attendait, impatient, les résultats. Trois petites heures à tuer…

Il étala sur son bureau la chemise de nuit en jute. Effectivement la même toile que celle du pré aux Moines. Il effleura un petit maillet de buis dont la tête était ciselée. Cet outil, selon le professeur Salacan, avait permis au meurtrier de torturer le larynx de ses victimes et de placer avec précision dans leur gorge le fil de cocon. Le commissaire écarta plusieurs emporte-pièces en plomb pour la découpe de pétales et de feuilles, quelques gaufroirs en laiton, puis admira à la loupe un dé à coudre en alliage cuivreux.

La réputation de la collection des Gaidon était avérée, tous ces instruments de couture et de soierie étaient de véritables objets d'art. Le problème étant que leur utilisation avait été détournée pour devenir les armes des crimes du tueur de la Croix-Rousse.

Le curieux objet oblong qui suggérait un pénis en érection restait un mystère. Il avait servi à commettre les agressions sexuelles, mais jamais le commissaire n'avait vu un tel appareillage, cela le rendait perplexe.

— Jean Gaidon a sous la main le matériel de couture de sa fille, dit-il tout haut. Il prétend être à Paris, mais en fait il accompagne sa femme dans leur maison de campagne le 21 avril. Là, il la viole et la torture...

Il laissa sa phrase en suspens.

— A moins que ça ne soit le contraire, marmonna-t-il.

Cela paraissait tout simplement ahurissant. Jean Gaidon avait un casier judiciaire vierge et plus de soixante-douze ans, Kolvair avait du mal à croire qu'un homme devienne un meurtrier aussi tard.

— Pour couronner le tout, il la tue, continua-t-il. Enfin, pour détourner l'attention, il s'envoie des lettres d'amour en braille, admit-il, sceptique. Ensuite, dans la nuit du 8 au 9 mai, il tue Madeleine Ronsard, quelques heures à peine avant que le vétérinaire ne tombe sur le cadavre putréfié de sa première victime.

Tout ceci avait beau être techniquement possible, le commissaire restait dubitatif. Il ressentit soudain une envie irrépressible de dormir.

— Dormir longtemps, marmonna-t-il en bâillant.

Epuisé, il s'écroula.

A son réveil, vingt minutes plus tard, il entendit quelqu'un qui grimpait les marches du grenier et reconnut les talons dynamiques de Bianca.

— J'ai fait aussi vite que j'ai pu, Victor.

A sa vue, Kolvair se sentit mieux.

L'aliéniste avisa les pièces à conviction.

— Tout est là ?

Le commissaire ne sut quoi dire, ce sexe en érection posé sur son bureau lui rappela le lapsus de Bianca, la première fois qu'il l'avait rencontrée. Il repensait souvent à ce jour…

— Oui, tout est là.

Le téléphone sonna.

— Kolvair, j'écoute…

Immédiatement, il reconnut sa sœur. Elle était effondrée. Leur mère s'était éteinte. Il sentit son souffle s'agiter et prit une profonde inspiration.

— A-t-elle souffert ?

Ce fut tout ce qu'il arriva à prononcer.

Sa sœur lui assura que non. Elle qui n'hésitait pas à en rajouter dans le drame dès qu'elle le pouvait disait sûrement la vérité.

— Avec cette chaleur, l'enterrement doit avoir lieu au plus vite, précisa-t-elle. Quand penses-tu arriver ?

Kolvair ne parvenait pas à détacher ses yeux de Bianca. Elle avait saisi le sexe métallique et l'observait, intriguée. Elle ne semblait pas avoir entendu la question que Kolvair avait posée à sa sœur.

— Ne m'attends pas, je fais au mieux.

— Tu es lamentable, conclut-elle avant de raccrocher.

Sa sœur avait toujours été délicate.

Ne parvenant pas à éprouver la moindre tristesse, il pensait à Madeleine Ronsard et à Garance Gaidon, torturées et mortes dans d'atroces douleurs. Sa mère, quant à elle, avait eu une mort naturelle.

Bianca lui sourit.

— Tout va bien ?

— Tout va bien, répéta-t-il. Ma mère est morte.

Bianca écarquilla les yeux, se demandant si c'était vrai. Elle eut la délicatesse de respecter le silence de Kolvair. Puis :

— Elle était très malade ?

— Si ma mère a souffert, c'est de mélancolie. Elle est morte de vieillesse. La vie, quoi...

Bianca eut envie de serrer Victor contre elle, cet homme était si touchant qu'il en devenait viril.

Contre toute attente, le commissaire fit apparaître une bouteille de champagne. Il l'avait achetée la veille afin de la déguster avec Bianca. Il ne voyait pas en quoi la tragique nouvelle de la disparition de sa mère devrait l'en empêcher.

— Merci d'être venue, commença-t-il, maladroit.

Prise de court, Bianca marqua une hésitation, puis accepta le verre. Ils trinquèrent, mais aucun ne but. Bianca reposa la pièce à conviction phallique sur le bureau.

— Vous savez ce que c'est ?

— Une ceinture pour éviter l'onanisme, affirma immédiatement l'aliéniste. Dans son ouvrage d'hygiène et de médecine familiale, Milève Lucci préconise aux bonnes mères de famille de l'utiliser pour lutter contre la masturbation de leurs chérubins nerveux...

— Une ceinture pour éviter l'onanisme ? répéta Kolvair, abasourdi.

— Elle a été trafiquée et détournée de son usage habituel, précisa-t-elle en pointant le membre dur. En principe, l'embout a la forme d'un pénis au repos. Et une fois introduit, il est ainsi protégé, on ne peut plus le caresser.

— Je ne connaissais pas.

Ils n'avaient pas touché une seule goutte du champagne.

Putain, Victor, fonce, ne te dégonfle pas... se convainquit-il.

Il se leva, contourna son bureau, avança vers elle.

— J'ai deux places pour le récital de jazz de la semaine prochaine, au théâtre des Célestins...

N'y tenant plus, Kolvair l'embrassa. Bianca avait les lèvres chaudes, ils restèrent blottis l'un contre l'autre, comme des points de suspension. Lorsque la voix de Salacan retentit, appelant le commissaire, Bianca posa un ultime baiser sur sa joue puis sortit de la pièce.

Kolvair se mordit la lèvre inférieure pour contenir un cri de joie. Satisfait, il passa sa main dans ses cheveux et gagna le laboratoire. Il était tellement léger qu'il oublia même quelques instants son encombrante claudication.

Malgré l'heure tardive, l'hospitalisation de son épouse – si l'état de santé de la fille du procureur s'aggravait, l'état de Justine Salacan s'améliorait –, les enfants, et particulièrement Suzanne, à rassurer, le professeur restait disponible. Il s'affairait.

Il soumit plusieurs documents à Kolvair, qui les parcourut en avalant un café. Sur les lettres « reçues » par Jean Gaidon, le cachet des Postes avait effectivement été imité, confirmant que les enveloppes n'avaient pas été acheminées par voie postale. Le commissaire avait vu juste, les lettres en braille que Jean Gaidon prétendait avoir reçues de sa femme étaient des faux. Il n'eut pas le temps d'épiloguer. Durieux, plongé dans des calculs et des courbes graphiques, tapa du poing sur sa table.

— Je n'y comprends rien !

Dépité, le jeune homme se leva brusquement, faisant tomber sa chaise. Dans sa cage, le chimpanzé sursauta. Les coups de gueule du jeune alpiniste étaient rares. Immédiatement, le professeur Salacan fronça les sourcils. Un peu confus, Durieux ramassa sa chaise.

— J'ai tenté une comparaison formelle entre un échantillon d'écriture de Garance Gaidon, avant qu'elle utilise le braille, et l'écriture sur les enveloppes. Les résultats étant négatifs, j'ai fait de même avec l'écriture du suspect principal, Jean Gaidon...

Il tendit au professeur une feuille.

Le professeur déchiffra les nombreuses mesures graphométriques – grandeurs relatives des lettres, directions, interruptions – que son assistant avait soigneusement effectuées.

— Vos analyses sont en tout cas exemplaires, souffla Hugo Salacan, admiratif.

Durieux gardait son air sceptique.

— Vous espériez prouver que les deux écritures avaient été rédigées par la même personne ?

Durieux acquiesça mollement. A cette heure avancée de la soirée, Kolvair aurait, autant que Durieux, apprécié que les résultats accusent d'emblée Jean Gaidon.

— Une enquête est un puzzle, parfois les finitions prennent du temps.

L'assistant jeta un œil en biais au commissaire, puis, lorsqu'il eut acquis la certitude que le policier ne le taquinait pas, il l'interrogea du regard.

— Votre expérience nous prouve que ni Garance ni Jean Gaidon n'est l'auteur de ces envois, expliqua Kolvair. Ça ne correspond pas à ce que nous pensions, certes, mais c'est intéressant.

Kolvair feignait de maîtriser la situation, en réalité il était largué. Les prélèvements effectués dans la voiture provenaient bien de la malle qui avait transporté madame Gaidon. En revanche, les alibis du président des prud'hommes avaient été de nouveau passés au crible. Effectivement en déplacement à Paris du 20 au 28 avril, il n'avait pu accompagner son épouse dans leur maison de campagne. Par ailleurs, l'homme était en réunion à l'heure de la mort de Madeleine Ronsard, il était là encore disculpé.

Soudain, Kolvair aperçut, placée sous les lunettes du microscope, la fibre trouvée sous les ongles de Madeleine. Il se souvint que le professeur lui avait précisé qu'elle n'était pas un cheveu et n'était pas en soie et qu'on avait récolté la même sur le cadavre de madame Gaidon. C'était une fibre synthétique.

Kolvair se pencha, la brillance n'avait en effet rien de naturel.

— Avez-vous pu déterminer d'où provient ce...

Il ne termina pas sa phrase. Il eut besoin de s'adosser un instant.

— Nom d'une pipe !

Il revit Jean Gaidon et sa fille, lors de leur interrogatoire. Il revit surtout Henriette. Elle n'avait pas quitté son écharpe, une étole aussi brillante que cette fibre.

— Qu'y a-t-il, commissaire ? s'inquiéta Salacan.

— L'étole d'Henriette Gaidon est faite des mêmes fibres.

Kolvair se redressa et, pour ne pas chanceler, s'assit.

— C'est invraisemblable ! lança le professeur, lui aussi abasourdi.

— Oui, c'est invraisemblable, répéta Durieux, circonspect.

— Il faut vérifier !

Le commissaire se précipita dans son bureau, y releva le nom d'Henriette Gaidon sur la liste des infirmières en contact avec des aveugles.

Jusqu'à présent, tout accusait un homme, il s'était donc concentré sur le personnel hospitalier masculin et n'avait pas encore pris le temps d'interroger les membres féminins des organismes médicaux.

Il retint une grimace en imaginant la réaction de l'opinion lorsqu'elle découvrirait que le tueur de la Croix-Rousse s'appelait Henriette Gaidon.

Il se demanda où allait le monde si les femmes commettaient de pires horreurs que les hommes.

Ensuite, il sentit sur ses épaules le courant frais de la nuit, pareil à celui de la victoire.

Kolvair sonna à la porte de l'appartement des Gaidon. Il attendit quelques secondes et un rai de lumière apparut.

— Oui ? gronda la voix de Jean Gaidon.

— Police, ouvrez !

Kolvair avait la voix aussi grave que la situation.

Jean Gaidon déverrouilla la porte. Il était tôt, le président des prud'hommes portait un pyjama en soie qui soulignait sa prestance. Legone et ses hommes, tels des cow-boys, dégainèrent leur arme.

— Mais enfin, qu'est-ce que c'est que ce raffut ?

L'ignorant, les Mobilards entrèrent. L'un d'eux le bouscula.

— Bouge-toi de là, grand-père.

Le juge Marcel Puzin, resté en retrait, lui envoya un sourire embarrassé. Il tendit un mandat.

— Vous avez vu l'heure ? ! s'indigna Jean Gaidon.

— Nous cherchons votre fille. Est-elle ici ?

Kolvair n'avait pas de temps à perdre.

— Bien sûr que ma fille est là. Elle dort, elle !

L'éclat d'un rire cynique et caverneux retentit.

— Ah oui, et où ça ?

Legone se tenait dans l'embrasure de la chambre de la jeune femme, la pièce était aussi vide qu'un sanctuaire.

Au même moment, Kolvair reconnut, provenant d'en bas, le sifflement d'un collègue. Comprenant qu'une embrouille se préparait, il se précipita dans les escaliers. Evidemment, Legone et ses hommes le dépassèrent.

Cependant, étant donné son handicap, sa prestation resta honorable.

Durieux et Eugène avaient eu ordre de patienter devant l'immeuble, ils semblaient surexcités.

— Elle vient de passer devant nous, chef ! lança Eugène à Legone.

— Au moment d'entrer dans l'immeuble, elle m'a reconnu et a pris la fuite ! précisa Durieux.

La Croix-Rousse étant un dédale, pour coffrer Henriette il fallait la rattraper au plus vite, sinon elle leur échapperait. La jeune femme avait grandi sur la colline, elle en connaissait les moindres recoins, un considérable avantage.

Legone riait sous cape. Lui, en réalité picard, s'appelait désormais Legone. Il n'existait pas nom plus typiquement lyonnais, « gone » était le sobriquet donné aux enfants de la Croix-Rousse.

Il se tourna vers Kolvair.

— Qu'est-ce que tu décides ?

Kolvair resta pensif. Puis :

— Je la veux vivante, c'est compris ?

Les dix hommes de la police judiciaire se dispersèrent par groupe de deux. Le commissaire se tourna vers Durieux.

— Que diriez-vous d'un petit entraînement ?

L'alpiniste était déjà en train d'escalader le mur de la traboule adjacente.

Kolvair, satisfait, alluma une cigarette en observant l'ascension déconcertante de l'ancien chasseur alpin.

Le commissaire avait appris ce détail la veille. Même la guerre, Durieux l'avait regardée de haut. Le jeune homme atteignit le toit et, immédiatement, porta sa main en visière.

— Je la vois !

Il se lança à sa poursuite, Kolvair le regarda se diriger vers l'ouest.

En direction de la maison de campagne des Gaidon.

Il grimpa dans sa voiture et démarra en trombe. Avec autant de monde à sa poursuite, Henriette ne leur échapperait pas. Le commissaire actionna son accélérateur à main, le véhicule disparut après le premier virage.

Il va falloir que tu nous expliques deux ou trois petites choses…

21 avril 1920

Henriette s'investit de plus en plus auprès des aveugles. Plus elle les côtoyait, plus son regard sur le monde se transformait.

Son regard sur la vie.

Son regard sur sa maladie et sa guérison.

Son regard sur sa mère.

La Croix-Rouge devint sa deuxième famille. Elle s'y fit quelques amis.

Madeleine Ronsard la câlinait beaucoup, comme la fille qu'elle n'avait pas eue.

Cela étouffa Henriette, elle avait déjà une mère, c'était suffisant.

Mais Henriette ne savait pas exprimer tous les sentiments contradictoires qui bataillaient en elle. Elle avait grandi dans le non-dit et la souffrance silencieuse. Elle prit sur elle et laissa Madeleine Ronsard s'attacher à elle.

Sa mère avait beau lui répéter qu'elle était enfin guérie, Henriette se sentait moins bien depuis que son sexe était cassé.

Elle portait de plus en plus souvent sa ceinture priapique, le soir lorsqu'elle était seule. Cela la consolait.

Plus Henriette y voyait clair, plus Garance perdait la vue.

De plus en plus souvent, elle traitait Henriette de « mauvais garçon ».

Lorsque la jeune femme questionnait son père, il éludait. Qu'elle reste gentille avec sa maman et lui pardonne ses paroles enfiévrées, Garance commençait à ne plus avoir toute sa tête.

Henriette s'abstint de l'exprimer, mais elle ne vit pas pourquoi elle devrait pardonner à sa mère. Jamais cette dernière n'avait fait montre d'indulgence.

Aujourd'hui, Garance quittait Lyon pour la campagne.

Cette année, Jean étant à Paris pour défendre le Syndicat de la soie, ce fut Henriette qui accompagna sa mère.

Henriette conduisait, sa mère dormait à ses côtés. La pluie, drue et bruyante, tombait sur la carrosserie et Henriette se dit que le ciel devait être bien malheureux pour déverser autant de larmes.

Elles arrivèrent à la maison.

Garance n'eut pas le temps de descendre de l'automobile, Henriette l'étrangla avec son étole. L'étole que la jeune femme ne quittait jamais, parce qu'elle protégeait sa pomme d'Adam, son secret.

Garance tomba, inanimée.

Puis Henriette enfila son membre artificiel.

Alors, dans le silence de la nuit, le supplice de Garance Gaidon commença.

— Je vous la rends tout de suite, mademoiselle.

Henriette Gaidon, prostrée, tendit son étole au professeur Salacan. Lorsque le scientifique quitta la cellule d'interrogatoire, la jeune femme, hagarde, ne le remarqua même pas. Kolvair ne la quittait pas des yeux. Elle l'intriguait. L'imminente arrivée de son avocat n'aiderait pas la demoiselle à s'exprimer, il lui conseillerait de garder le silence.

Afin de parvenir à la faire parler, Kolvair avait demandé au juge Puzin d'autoriser la présence rassurante et professionnelle de Bianca Serraggio. En d'autres temps, le commissaire se serait directement adressé au procureur Rocher, mais l'homme, étant donné l'état de sa fille qui s'aggravait, était totalement dépassé. Puzin, réactif, avait immédiatement permis à la psychiatre et chercheuse de se joindre à eux.

Restée jusqu'alors en retrait, l'aliéniste s'assit à côté de la suspecte. Kolvair tira sur sa cigarette en observant les poignets d'Henriette Gaidon. Ils étaient si maigres que, lors de son arrestation, les entraver avait exigé un réglage des bracelets particulièrement fastidieux. En tout, les femmes nécessitaient plus de finesse.

— Henriette… glissa Bianca.

La jeune femme ne broncha pas, les yeux toujours dans le vide. Kolvair et le juge Puzin échangèrent un regard confiant.

Henriette portait une robe grise qui affadissait son teint pâle. Le col était haut et roulé, comme le préconisait mademoiselle Chanel, jeune créatrice parisienne à la mode. Cela allongeait le cou de celle qui le portait, cachant sa gorge. Les manches courtes, au contraire, soulignaient les bras. En fixant ceux d'Henriette, le commissaire pensa aux mots de Jules Mamairse, le seul fiancé qu'Henriette Gaidon ait jamais eu :

« Elle avait la force d'un homme. »

Quelque chose de dérangeant se dégageait de ces bras arides et secs. Depuis toujours, la maigreur extrême rendait le commissaire mal à l'aise, son appétit appréciait la bonne chère autant que la belle chair. Pour se réconforter, il rêva un instant aux bras de Bianca, délicats et potelés, fermes et sensuels, et, pour retrouver une contenance, écrasa soigneusement sa cigarette.

Bianca sortit de son sac un cahier et une mine qu'elle posa devant Henriette.

— J'aimerais que vous me dessiniez votre plus beau souvenir.

Henriette se tourna vers l'aliéniste et Kolvair en profita pour observer le profil de la suspecte. Ses yeux étaient enfoncés, petits et sombres, son nez épais, sa bouche fine. Ses cheveux, qui prenaient racine haut sur le front, étaient aussi raides que filasse. Henriette avait un squelette carré, des traits épais, une poitrine absente et le ventre creux.

Pas très sensuel, nota le commissaire pour lui-même.

La suspecte fixa l'aliéniste et, soudain, elle suffoqua. Immédiatement, Kolvair pensa à ses propres crises d'asthme et sentit son souffle s'écourter. Suivant les conseils de son médecin, il alluma une cigarette – il avait effectivement remarqué que fumer l'apaisait –, se rappelant à nouveau les premières conclusions de l'aliéniste, selon qui le meurtrier avait eu une mère castratrice.

Il imagina sa mère sur son lit de mort, sans parvenir à visualiser son corps sans vie. Il expira lentement par le nez la fumée de sa cigarette et se concentra. Henriette suffoquant de plus belle, le commissaire, compatissant, alluma pour elle une tige. Il la lui proposa, mais elle la rejeta puis pointa la carafe d'eau. Le juge Puzin lui servit un verre et elle le but. Bianca se pencha pour reposer le verre et Kolvair remarqua un adorable faisceau de minuscules rides, façonnées par le temps, autour de ses grands yeux.

Enfin, le souffle d'Henriette s'allongea. Bianca et le juge Puzin avaient desserré ses menottes, favorisant sa récupération. Immédiatement, Kolvair alla se placer devant la porte. Même si la serrure était le dernier modèle à trois verrous, empêchant, à en croire la réclame, toute évasion, il préférait rester prudent.

Lorsque l'avocat d'Henriette Gaidon fit irruption, la jeune femme reprenait à peine ses esprits. En avisant l'état d'épuisement de sa cliente, l'homme de loi formula poliment sa requête et obtint immédiatement le report de son interrogatoire.

C'est alors que Kolvair remarqua Bianca qui cherchait, à la dérobée, à attirer son attention. Elle fixait intensément et gravement le cou de la suspecte. Tout à l'heure, pour l'aider à respirer, elle avait découvert son col.

Kolvair fronça les sourcils puis se figea, remarquant enfin ce que Bianca lui indiquait discrètement. La pomme d'Adam d'Henriette.

8 mai 1920

Comme sa mère le lui avait appris, Henriette était organisée. Après avoir fracassé la face de Garance pour empêcher toute identification, elle avait jeté son cadavre par-dessus le fossé du pré aux Moines. Elle se sentait libérée.

Certaine dorénavant que plus jamais Garance ne la qualifierait de « mauvais garçon », Henriette pouvait devenir le *bon* garçon qu'elle était.

Elle respirait.

Car elle en était persuadée : son membre ne fonctionnait plus, mais, grâce à sa ceinture, elle pouvait faire l'homme. Sa mère venait d'en avoir la preuve.

Henriette pensait de plus en plus à Madeleine Ronsard. Elle avait envie de lui rendre ses caresses étouffantes. Mais pas chez elle. Henriette n'aimait pas particulièrement le domicile de Madeleine, elle le trouvait sale. Or, pour Henriette, l'hygiène était essentielle.

Surtout, pour faire ce qu'elle avait en tête, elle avait besoin d'être seule avec Madeleine. Le locataire du premier étage risquait d'être gênant.

Pour rentrer chez elle, après son service à la Croix-Rouge, elle passait par la rue du Chariot-d'Or, devant l'atelier de Luc Lebreuil.

Henriette savait que Madeleine y travaillait la nuit.

Même celle du samedi au dimanche.

Dans cette nuit du 8 au 9 mai, sur le chemin du retour, lorsqu'elle emprunta la rue du Chariot-d'Or, elle décida d'attendre l'imminente arrivée de Madeleine.

Madeleine entra, activa les pédales du métier à tisser.

Henriette écouta attentivement le chant du bistanclaque.

Bis-tan-clac...

Elle assomma Madeleine Ronsard.

Elle fit l'homme, gémissant tandis qu'elle enfonçait sa prothèse dans l'anus de la vieille femme.

Elle gardait toujours sur elle sa précieuse collection d'outils de canut.

Elle les sortit.

Découpa le larynx de Madeleine.

Garda dans sa poche, comme un trophée, le morceau de chair.

Déposa un fil de cocon dans la gorge – c'était joli, cela lui rappelait la toile d'araignée qu'elle observait, lorsque sa mère l'enfermait dans le placard.

Déposa un baiser sur le front de Madeleine.

Puis la porta – elle était aussi légère qu'une plume – sur les fils de soie que crachaient les bobinoirs du bistanclaque.

Tout était bien qui commençait bien.

Henriette rentra chez son père.

Elle transpirait et avait chaud. Elle se lava à l'eau froide.

Pour la première fois, elle se coucha nue.

Malgré la chaleur, elle se pelotonna sous plusieurs épaisseurs de couvertures.

Le juge Puzin et le commissaire Victor Kolvair faisaient face au docteur Bianca Serraggio. Kolvair ne se lassait pas de la regarder, d'admirer ses yeux qui parfois changeaient de couleur.

Ils étaient pour l'heure, dans ce peu de lumière, d'un bleu qui tirait vers le gris argenté. Jamais il n'avait vu iris et pupille mieux accordés.

Vous êtes aussi complexe que la prunelle de vos yeux... s'imagina-t-il lui confier.

Au lieu de quoi, il précisa :

— Henriette Gaidon est peut-être malade, mais je vous rappelle qu'elle reste la coupable, et la seule, de deux crimes atroces.

Bianca avait l'air sévère et autoritaire, Kolvair comprit qu'elle n'en démordrait pas. Elle estimait que la place d'Henriette était à l'asile, non en prison.

— Je peux l'aider à ne pas récidiver. Je peux la traiter pour qu'elle réapprenne la vie dans la peau d'un homme.

Le juge Marcel Puzin tenait le rapport rédigé par la psychiatre ouvert devant lui. Bianca avait examiné médicalement Henriette et, photo des organes génitaux à l'appui, elle confirmait qu'Henriette était un homme.

Dérangeant, cela va sans dire, gambergea Kolvair en effleurant, mine de rien, sa nouvelle prothèse.

Il était content car elle se voyait moins, sous le pantalon. Kolvair, partisan d'encourager toujours les efforts fournis, avait donné de bon cœur un généreux pourboire à son bottier.

— Comment Jean Gaidon, mari et père, ne s'est-il jamais aperçu de rien ? Vous le croyez lorsqu'il l'affirme ? questionna le juge.

Bianca s'assit et croisa ses jambes.

— J'écoute ce que les petites histoires nous racontent de l'humanité.

Elle se racla un peu la gorge, comme si elle avait été enrouée. Kolvair lui sourit en se passant la main dans les cheveux, il faudrait qu'il fasse attention à ce que ça ne devienne pas un tic. Les travaux de Salacan et Durieux avaient apporté les preuves de la présence d'Henriette sur les lieux des crimes. Mieux, même : le véhicule des Gaidon, que seule Henriette conduisait, était bien celui qui avait servi à transporter le cadavre de Garance Gaidon, les conclusions du professeur étaient sans appel.

Dans leur domaine, les équipiers du commissaire Kolvair excellaient. Pour l'interprétation et les expertises psychiatriques, Bianca restait la meilleure.

— La science est vaste, chacun son domaine.

Il ajouta en lui-même :

Aux physiologistes la physiologie, aux légistes la médecine légale, aux psychiatres les aliénations... Ne vous battez pas, il y en aura pour tout le monde !

Bianca avala une gorgée d'eau.

— Oui, je le crois. Jean Gaidon n'a rien vu, parce que Garance ne lui montrait rien.

Kolvair et le juge, en même temps, opinèrent en silence.

— Garance a été traumatisée par la perte de sa première Henriette, ce fut pour elle si violent qu'elle a refoulé ce souvenir. Sa deuxième grossesse fut l'élément déclencheur qui fit remonter ce traumatisme violent. Le fait d'accoucher seule lui a permis de modeler son nourrisson à son désir de ressusciter sa fille. Pour Garance, Henriette *était* Henriette.

La psychiatre se leva et dessina un schéma sur le tableau en évoquant les recherches sur l'inconscient de Georg Groddeck et Sigmund Freud. Kolvair n'avait toujours pas lu *Totem et Tabou* et se promit de le faire. Le juge déboutonna sa veste en hochant la tête. C'était un homme distingué, Bianca l'avait remarqué mais s'en fichait éperdument, ce qui rassura Kolvair.

Frondeuse, mais pas aguicheuse, se dit-il.

— Henriette a eu sa première crise d'asthme le jour où elle a découvert le secret de Garance et Jean, affirma la professionnelle. L'asthme, selon plusieurs études d'éminents collègues, est la marque de l'étouffement dans le cocon familial.

En se rappelant les crises d'asthme dont il souffrait, enfant, Kolvair manqua de s'étouffer de nouveau et, pour se donner une contenance, sourit. Il pensa à son cocon familial, puis il calcula qu'à cette heure sa mère était sans doute enterrée. Il se fit la réflexion que la maternité transformait les femmes. Certaines y révélaient le meilleur d'elles-mêmes. De plus rares, même si le monde feignait de l'ignorer, le pire.

— Nul n'est indispensable, lança-t-il en se souvenant que sa mère ressassait cette maxime.

Bianca se tourna de nouveau vers le juge.

— Beaucoup de choses restent un mystère, plaida-t-elle. Les chercheurs sont là pour chercher, alors je cherche.

Le juge Puzin opina une nouvelle fois.

— Pouvez-vous assurer que jamais Henriette Gaidon ne commettra d'autres crimes ?

Kolvair adressa un discret signe à Bianca, l'encourageant à répondre.

— Je ne sais pas, monsieur le juge, indiqua-t-elle, prudente mais ferme.

— Votre avis, commissaire ?

Kolvair inspira en haussant une épaule et Puzin hocha la tête.

— Je vous accorde la prise en charge d'Henriette Gaidon, annonça-t-il en claquant le dossier.

Il respira alors profondément.

— Ne la transformez pas en victime non plus, prévint-il en levant son index. L'opinion ne serait pas d'accord.

Bianca acquiesça puis le remercia chaleureusement. Kolvair eut envie de l'étreindre, pourtant il s'abstint, elle semblait si concentrée.

Embarrassé, le juge Puzin intervint une dernière fois avant de partir :

— J'allais oublier, commissaire. Yves Patou n'échappera pas à la peine de mort.

Kolvair, désarçonné, manqua de perdre l'équilibre.

— Je suis désolé, commissaire, avec une expertise psychiatrique plus convaincante nous pourrions peut-être le faire condamner aux travaux forcés, mais en l'espèce...

Il ne finit pas sa phrase, laissant ses derniers mots suspendus.

— Je tenais à vous en informer moi-même, la presse va se gargariser, conclut-il.

Les exécutions, encore publiques, écœuraient le commissaire.

Il se leva pour lui serrer la main, il appréciait de plus en plus ce jeune magistrat, au moins il ne perdait pas son temps en bavardages inutiles.

1er juin 1920

La rareté de certains faits n'empêche pas leur réalité.

Jean Gaidon, depuis l'arrestation de sa fille, avait pris des décisions radicales. Lui qui auparavant ne croyait pas aux malédictions était envahi de doutes.

Il vendit leur résidence secondaire ainsi que sa collection d'outils de canut.

Il afficha son innocence en relatant son histoire à un journal.

Il indiqua qu'il aimait toujours sa fille.

Pourtant, il refusa de la revoir et la déshérita.

— Encore ?

Henriette hocha la tête, l'infirmière coupa ses cheveux encore plus court.

Henriette, ainsi attifée, ressemblait à s'y méprendre à un homme. Cela lui rappela ce jour où, enfant, elle s'était déguisée avec les vêtements de son père.

— Comment t'appelles-tu ? la questionna l'infirmière en lui injectant un calmant.

C'était une femme au regard sévère dont le voile blanc de l'uniforme médical soulignait la gravité des traits.

— Henri, madame. Je m'appelle Henri.

Epilogue

Kolvair se rafraîchit le visage et prit le temps de couper les poils qui poussaient dans ses narines. Il y avait bien longtemps qu'il ne s'était regardé dans un miroir. Il se sentait fatigué, pourtant son manque de sommeil soulignait son énergie, intacte. Il aimait, de toute façon, l'épuisement qui creuse les cernes, cela ne lui allait pas si mal. Depuis quand la fatigue était-elle un défaut ? Lui la trouvait bénéfique, sa compagnie le rendait vivant.

Il avait enfin franchi le pas. Bianca n'allait pas tarder, il l'emmènerait dîner. Il avait réfléchi et, même si c'était le jour des quenelles, ils n'iraient pas chez Blandine. Trop risqué qu'elle l'appelle encore son canard.

Il dévissa sa prothèse.

Il mélangea la poudre blanche à son tabac. Le gramme de cocaïne qu'il consommait en principe en une semaine ne lui suffisait plus.

Sûrement à cause de cette fichue enquête...

Afin d'accentuer l'effet de la drogue, il secoua, énergique, la tête.

Il n'était pas dupe, l'augmentation de sa consommation correspondait également au moment où il avait reçu la lettre de sa mère.

Il songea aux appels téléphoniques de sa sœur. Il partirait la rejoindre dès demain et pour quelques jours, sa décision était prise. Quelle tête ferait-elle lorsqu'elle découvrirait qu'il était unijambiste ? Ils deviseraient peut-être, sans doute de leurs parents.

Il se servit un whisky, pensant à Bianca. Il avait retenu que la psychiatre aimait cette brasserie de Perrache – pour sa part, il la trouvait fort conviviale quoique un peu bruyante, les jours de foire surtout – et avait donc réservé une table au restaurant Chez Georges pour huit heures.

Il ne divagua pas plus longtemps. Néron aboya deux fois. Puis la sonnerie retentit.

Kolvair se redressa, avisa sa pendule. Il avait un rapport particulier au temps et avait, espérant le défier, installé une horloge dans chaque pièce de l'appartement.

— Elle est ponctuelle, tu as vu ça !

En réalité, elle était même en avance et cela le flatta.

L'animal jappa une nouvelle fois. Pour le rassurer, Kolvair lui donna une affectueuse tape sur le flanc.

— Dans la vie, tout est une question de bravoure.

Le commissaire tenait ce conseil de son père. Dès que l'occasion lui en était donnée, il l'appliquait. Il prit donc une longue inspiration puis déverrouilla la porte de l'appartement.

— Vous n'avez pas eu trop de difficultés à trou...

La carrure massive de l'ombre qui faisait face n'était pas celle de Bianca. Kolvair eut un mouvement de recul. Le manque d'éclairage sur le palier étroit ne permettait pas de voir le visage de l'interlocuteur.

— Salut, fils, dit l'homme, avançant dans la lumière de l'appartement.

Kolvair eut besoin de quelques secondes pour reprendre ses esprits. Néron aboya plusieurs fois puis, rassuré, retourna se coucher.

Pour une surprise, c'en était une belle !

Après quelques minutes et autant de verres, le père du commissaire en vint à parler de son ex-femme et Kolvair ne parvint à déceler s'il était ou non au courant de son récent décès. Depuis toujours, et cela le subjuguait, le vieux marin possédait la faculté de sentir les événements.

— Une sacrée belle femme, ta mère.

Kolvair ne fit aucun commentaire, lui pensait à sa sœur.

Il y avait des années, pour soutenir leur mère, par crainte certainement aussi de la trahir, elle avait informé leur père qu'elle ne souhaitait plus le revoir. Aujourd'hui que leur mère n'était plus là, peut-être accepterait-elle ? Le commissaire resta sceptique. Cette éventualité semblait précipitée.

— Maman est morte, tu le sais ?

Dominique Kolvair avait soixante-deux ans, les yeux bleus et de longs cils noirs. Il opina.

Donc, s'il est là, c'est pour taper l'incruste, résuma le commissaire en lui-même.

— Une sacrée chieuse, surtout, lâcha le paternel en se servant un autre whisky.

Il se lança aussitôt dans le récit d'une anecdote. Kolvair nota quelques rides nouvelles, creusées par les vents autour de ses yeux. Sinon, le bonhomme semblait en pleine forme et ne changeait pas beaucoup.

— Le problème, c'est la vigilance, continuait Dominique Kolvair.

Pour reprendre une expression lyonnaise, son père était parfois un peu « broubrou », c'est-à-dire qu'il faisait beaucoup de bruit pour rien. Kolvair n'écoutait que d'une demi-oreille la logorrhée de son paternel, se demandant quelle tête ferait Bianca – elle n'allait plus tarder, supposait-il – lorsqu'il le lui présenterait ; il espérait son sourire espiègle et, pourquoi pas, un savoureux lapsus.

Les deux font le père, pensa-t-il, amusé.

Lorsque Bianca s'annonça, le père de Kolvair s'enfonça dans son fauteuil.

— Tu attends quelqu'un ?

En guise de réponse, Néron aboya et rejoignit la porte d'entrée. Lorsque le commissaire l'ouvrit et que Bianca apparut, l'animal la dévisagea. Bianca portait un pantalon en lin blanc et des espadrilles orange dont les lacets couraient autour de ses fines chevilles. Ses cheveux longs étaient tirés, dégageant son visage. Un fin collier doré soulignait ses seins moulés dans un petit pull décolleté, mais elle ne portait plus de montre.

En s'écartant pour la laisser entrer, le bonheur qui emplit Kolvair lui fit pousser un profond et silencieux soupir. Néron, lui aussi sous le charme, s'ébroua et salua l'invitée en lui léchant la main.

— Il y a un imprévu…

— Rien de grave ?

En remarquant Bianca et son allure, le père du commissaire prit la peine de se lever.

— Dominique Kolvair. L'imprévu dont mon fils parle si bien, ajouta-t-il, séducteur.

Kolvair sourit.

— Mon père, donc.

La psychiatre tendit la main à Kolvair père.

— Bianca Serraggio…

Elle n'acheva pas sa phrase : le père du commissaire, qui en présence de la beauté devenait très tactile, avait déjà posé ses mains sur les épaules de la jeune femme et l'embrassait affectueusement.

— Enchanté, ajouta-t-il.

En constatant le discret mouvement de recul de Bianca, Kolvair se souvint du jour où, légèrement intrusif, son père avait ostensiblement dragué une de ses petites amies et il eut soudain envie d'emmener Bianca. Loin et vite.

Très à son aise, Dominique Kolvair proposa à la belle aliéniste un verre de whisky. Kolvair sentit une suée l'envahir et il alluma une cigarette, ne parvenant pas à s'asseoir. La nervosité le gagnait.

Il téléphona à la brasserie Chez Georges.

— Nous serons trois. Et nous ne serons pas là avant huit heures et demie.

Il raccrocha, tira sur sa cigarette, soupira en soufflant la fumée par le nez.

— Rien ne sert de courir… lança-t-il en trinquant avec Bianca.

Elle était radieuse, c'était bien tout ce qui comptait.

Lorsqu'ils quittèrent l'appartement pour rejoindre à pied le restaurant, le père de Kolvair fit un discret clin d'œil à son fils.

— C'est moi qui vous invite, les enfants.

— N'en fais pas trop, rétorqua le commissaire en tapotant l'épaule de son paternel. Tu n'as aucune chance, précisa-t-il à son oreille.

Dominique Kolvair, un brin vexé, les précéda, dévalant les marches deux par deux.

Bianca resta au rythme de Victor, réjoui.

— Loup de mer, loup de mère, glissa-t-elle, amusée, à son oreille.

Dans le silence immobile, ils avançaient dans la montée du Gourguillon qui, au Moyen Age, s'appelait « Beauregard » car la vue y était imprenable. Elle gravissait la colline depuis la place de la Trinité, non loin de la cathédrale Saint-Jean, jusqu'à la rue des Farges, puis serpentait sur les hauteurs de Saint-Just, mitoyennes avec celles de Fourvière. Kolvair, avec sa jambe en moins et sa canne en plus, ne l'empruntait plus autant qu'il le souhaitait. Ils firent un détour dans l'impasse Turquet pour y admirer un des derniers exemples de maisons à pans de bois.

— Son nom est celui d'un Piémontais, lança le commissaire. Un homme sagace et obstiné qui négocia et obtint de François Ier le droit de faire venir à Lyon des tisseurs de Gênes.

Tous les marins du monde connaissaient le golfe de cette ville, en 1348 ce fut une nef génoise qui rapporta de Crimée la peste noire.

Kolvair rêvait d'aller dans ce lieu antique, depuis toujours réputé superbe et orgueilleux.

Bianca battit des cils.

— C'est amusant que vous parliez de cela, la famille de ma mère est originaire de cette région...

Superbe et orgueilleuse... s'amusa le commissaire en lui envoyant un sourire charmeur.

Il avait envie d'étreindre Bianca, au lieu de quoi il demanda, intéressé et spontané :

— Et ton père ?

Dans l'instant, la belle se figea. Elle croisa les bras comme si elle avait froid, ce qui n'était pas logique vu la chaleur.

J'ai dit une connerie ? se demanda-t-il, embarrassé.

C'était la première fois qu'il la tutoyait et il n'avait pas imaginé que cela l'aurait choquée, cette réaction le désempara. Il ne quitta pas des yeux la psychiatre, elle évitait son regard.

Elle lui tourna le dos, même. Kolvair, ne sachant plus quoi dire ni quoi faire, se décomposa. La jeune femme resta silencieuse. Il ne vit pas qu'elle essuyait discrètement une larme.

— Je ne le connais pas... commença-t-elle soudain, admirant le paysage. Tout ce que je sais de lui, c'est qu'il a violé ma mère avant de la laisser pour morte.

Le commissaire, pantois, écarquilla les yeux, incapable de dire quoi que ce soit. Il parvint tout juste à se faire la réflexion que les hommes n'avaient décidément aucun scrupule lorsqu'il s'agissait d'être pitoyables.

— C'est une bonne idée, ce tutoiement, remarqua-t-elle finalement avec un sourire de reine.

Kolvair ne put résister à la tentation de passer sa main dans ses cheveux.

Histoire d'admirer la démarche chaloupée de la belle aliéniste, il se laissa volontairement distancer. Puis il alluma une cigarette.

C'est décidément un bon début… se confirma-t-il en reprenant sa claudication.

Remerciements

Mes remerciements à Françoise Roth et Denis Bourgeois, pour leur confiance et leur pertinence. A Carole Collin et Louise Larrieu, pour leurs encouragements et leur sagacité.

Mes remerciements particuliers au général et madame Eric Bonnemaison, commandant des écoles de Saint-Cyr-Coëtquidan, ainsi qu'au professeur Jean-Paul Richalet, à l'association Renaissance du Vieux-Lyon, au personnel de la bibliothèque de Lyon-Part-Dieu et des Archives de Lyon.

Merci à Dominique Saint-Pierre, Lyonnais avisé, ainsi qu'à Bernard Augier, du conseil des prud'hommes de Lyon.

Merci à ceux qui m'encouragent à écrire, à chercher, à explorer : Alexandra Schwartzbrod, Annie Bernard, Chantal Pelletier, Josyane Durand, Marie-Geneviève Ripeau, Béatrice Garrigues, Damienne Gallion, Prune Berge, Josy Vercken, José-Alain Fralon, Soiliho Bodin.

Merci à mes amis pour leur soutien indéfectible et fidèle, si précieux :

Annie et Jean-Jacques, Marianne et Patrick, Alexandra et Bernard, Béa, Cécile et Léo, Sylvie, Pierre-Marie et Didier, Dami et Manu, Simon, Nath et Jon, Louis, Stéphanie et Théo, Elsa (et Lucien), Pierre et Rosemary, Agnès et Poupouf, Danièle et Bernard, Josyane, Jacqueline, Anne, Marie-Anne.

Merci à ma famille : Amandine, Jean-Louis et Chantal, Nathalie et Eric, leurs enfants, les Calla, mes frères et notre mère.

Retrouvez Victor Kolvair et Hugo Salacan
sur le blog :
http://victorkolvair-lyon1920-enjoy.over-blog.com

Romans « Terres de France »

Jean Anglade
Un parrain de cendre
Le Jardin de Mercure
Y a pas d'bon Dieu
La Soupe à la fourchette
Un lit d'aubépine
La Maîtresse au piquet
Le Saintier
Le Grillon vert
La Fille aux orages
Un souper de neige
Les Puysatiers
Dans le secret des roseaux
La Rose et le Lilas
Avec le temps...
L'Ecureuil des vignes
Une étrange entreprise
Le Temps et la paille
Les Ventres jaunes
Le Semeur d'alphabets
La Bonne Rosée
Un cœur étranger
Les Permissions de mai
Les Délices d'Alexandrine
Le Voleur de coloquintes
Sylvie Anne
Mélie de Sept-Vents
Le Secret des chênes
La Couze
Ciel d'orage sur Donzenac
La Maîtresse du corroyeur
Un horloger bien tranquille
Un été à Vignols
La Lavandière de Saint-Léger
L'Orpheline de Meyssac
Le Pain des Cantelou
Victorine, le pain d'une vie

Jean-Jacques Antier
Tempête sur Armen
La Fille du carillonneur
Marie-Paul Armand
Le Vent de la haine
Louise
Benoît
La Maîtresse d'école
La Cense aux alouettes
L'Enfance perdue
Un bouquet de dentelle
Au bonheur du matin
Le Cri du héron
Le Pain rouge
La Poussière des corons
Nouvelles du Nord
La Courée
Victor Bastien
Retour au Letsing
Henriette Bernier
L'Enfant de l'autre
L'Or blanc des pâturages
L'Enfant de la dernière chance
Le Choix de Pauline
La Petite Louison
Petite Mère
Le Rêveur de l'écluse
Une femme empêchée
Françoise Bourdon
La Forge au Loup
La Cour aux paons
Le Bois de lune
Le Maître ardoisier
Les Tisserands de la Licorne
Le Vent de l'aube
Les Chemins de garance
La Figuière en héritage

La Nuit de l'amandier
La Combe aux Oliviers
Patrick Breuzé
Le Silence des glaces
La Grande Avalanche
La Malpeur
La Lumière des cimes
Nathalie de Broc
Le Patriarche du Bélon
La Dame des Forges
La Tresse de Jeanne
Loin de la rivière
La Rivière retrouvée
La Sorcière de Locronan
Annie Bruel
Le Mas des oliviers
Les Géants de pierre
Marie-Marseille
Michel Bussi
Nymphéas noirs
Michel Caffier
Le Hameau des mirabelliers
La Péniche Saint-Nicolas
Les Enfants du Flot
La Berline du roi Stanislas
La Plume d'or du drapier
L'Héritage du mirabellier
Marghareta la huguenote
Le Jardinier aux fleurs de verre
Porte-plumes au vent
Daniel Cario
La Miaulemort
Jean-Pierre Chabrol
La Banquise
Claire Chazal
L'Institutrice
Martine Alix Coppier
et Jean-Michel Thibaux
Le Trésor de la Nore
Didier Cornaille
Les Labours d'hiver
Les Terres abandonnées
Etrangers à la terre
L'Héritage de Ludovic Grollier
L'Alambic
Adam en héritage
Georges Coulonges
Les Terres gelées
La Madelon de l'an 40
L'Enfant sous les étoiles
Les Flammes de la Liberté
Les blés deviennent paille
L'Eté du grand bonheur
Des amants de porcelaine
Le Pays des tomates plates
La Terre et le Moulin
Les Sabots de Paris
Les Sabots d'Angèle
La Liberté sur la montagne
Les Boulets rouges de la Commune
Pause-Café
La Fête des écoles
Anne Courtillé
Les Dames de Clermont
Florine
Dieu le veult
Les Messieurs de Clermont
L'Arbre des dames
Le Secret du chat-huant
L'Orfèvre de Saint-Séverin
La Chambre aux pipistrelles
Paul Couturiau
En passant par la Lorraine
L'Abbaye aux loups
Les Silences de Margaret
Annie Degroote
La Kermesse du diable
Le Cœur en Flandre
L'Oubliée de Salperwick
Les Filles du Houtland
Le Moulin de la Dérobade
Les Silences du maître drapier
Le Colporteur d'étoiles
La Splendeur des Vaneyck
Les Amants de la petite reine
Un palais dans les dunes
Renelde, fille des Flandres
Les Jardins du vent

Alain Dubos
Les Seigneurs de la haute lande
La Palombe noire
La Sève et la Cendre
Le Secret du docteur Lescat
Constance et la Ville d'Hiver
Marie-Bernadette Dupuy
L'Orpheline du bois des Loups
Les Enfants du Pas du Loup
La Demoiselle des Bories
Le Chant de l'Océan
Le Moulin du Loup
Le Chemin des Falaises
Les Tristes Noces
La Grotte aux fées
Elise Fischer
Trois Reines pour une couronne
Les Alliances de cristal
Mystérieuse Manon
Le Soleil des mineurs
Les cigognes savaient
Confession d'Adrien le colporteur
Le Secret du pressoir
Sous les mirabelliers
Le Rêve de la Grenouille
Laurence Fritsch
La Faïencière de Saint-Jean
Alain Gandy
Adieu capitaine
Un sombre été à Chaluzac
L'Enigme de Ravejouls
Les Frères Delgayroux
Les Corneilles de Toulonjac
L'Affaire Combes
Les Polonaises de Cransac
Le Nœud d'anguilles
L'Agence Combes et Cie
Suicide sans préméditation
Fatale Randonnée
Une famille assassinée
Le piège se referme
Gérard Georges
La Promesse d'un jour d'été
Les Bœufs de la Saint-Jean
L'Ecole en héritage
Le Piocheur des terres gelées
Les Amants du chanvre
La Demoiselle aux fleurs sauvages
Jeanne la brodeuse au fil d'or
Les Chemins d'améthyste
Denis Humbert
La Malvialle
Un si joli village
La Rouvraie
L'Arbre à poules
Les Demi-Frères
La Dernière Vague
Yves Jacob
Marie sans terre
Les Anges maudits de Tourlaville
Les blés seront coupés
Une mère en partage
Un homme bien tranquille
Le Fils du terre-neuvas
Hervé Jaouen
Que ma terre demeure
Au-dessous du calvaire
Les Ciels de la baie d'Audierne
Les Filles de Roz-Kelenn
Ceux de Ker-Askol
Les Sœurs Gwenan
Michel Jeury
Au cabaret des oiseaux
Marie Kuhlmann
Le Puits Amélie
Passeurs d'ombre
Les Filles du pasteur Muller
Guillemette de La Borie
Les Dames de Tarnhac
Le Marchand de Bergerac
La Cousette de Commagnac
Le Double Secret de Bigaroque
Gilles Laporte
Le Loup de Métendal
La Fontaine de Gérémoy
Jean-Pierre Leclerc
Les Années de pierre
La Rouge Batelière

L'Eau et les jours
Les Sentinelles du printemps
Un amour naguère
Julien ou l'Impossible Rêve
A l'heure de la première étoile
Les Héritiers de Font-Alagé
De longues fiançailles
Hélène Legrais
Le Destin des jumeaux Fabrègues
La Transbordeuse d'oranges
Les Herbes de la Saint-Jean
Les Enfants d'Elisabeth
Les Deux Vies d'Anna
Les Ombres du pays de la Mée
Eric Le Nabour
Les Ombres de Kervadec
Louis-Jacques Liandier
Les Gens de Bois-sur-Lyre
Les Racines de l'espérance
Jean-Paul Malaval
Le Domaine de Rocheveyre
Les Vignerons de Chantegrêle
Jours de colère à Malpertuis
Les Compagnons de Maletaverne
Le Carnaval des loups
Les Césarines
Grand-mère Antonia
Une maison dans les arbres
Une reine de trop
Une famille française
Le Crépuscule des patriarches
La Rosée blanche
L'Homme qui rêvait d'un village
L'Auberge des Diligences
Le Notaire de Pradeloup
Quai des Chartrons
Dominique Marny
A l'ombre des amandiers
La Rose des Vents
Et tout me parle de vous
Jouez cœur et gagnez
Il nous reste si peu de temps
La Conquérante
Pascal Martin
Le Trésor du Magounia
Le Bonsaï de Brocéliande
Les Fantômes du mur païen
La Malédiction de Tévennec
L'Archange du Médoc
Hubert de Maximy
Le Destin d'Honorine
Louis Muron
Le Chant des canuts
Henry Noullet
La Falourde
La Destalounade
Bonencontre
Le Destin de Bérengère Fayol
Le Mensonge d'Adeline
L'Evadé de Salvetat
Les Sortilèges d'Agnès d'Ayrac
Le Dernier Train de Salignac
Michel Peyramaure
Un château rose en Corrèze
Les Grandes Falaises
Frédéric Pons
Les Troupeaux du diable
Les Soleils de l'Adour
Passeurs de nuit
Jean Siccardi
Le Bois des Malines
Les Roses rouges de décembre
Le Bâtisseur de chapelles
Le Moulin de Siagne
Un parfum de rose
La Symphonie des loups
La Cour de récré
Les Hauts de Cabrières
Les Brumes du Mercantour
La Chênaie de Seignerolle
Bernard Simonay
La Fille de la pierre
La Louve de Cornouaille
Jean-Michel Thibaux
La Bastide blanche
La Fille de la garrigue
La Colère du mistral

L'Homme qui habillait les mariées
La Gasparine
L'Or des collines
Le Chanteur de sérénades
La Pénitente
L'Enfant du mistral
L'Or du forgeron

Jean-Max Tixier

Le Crime des Hautes Terres
La Fiancée du santonnier
Le Maître des roseaux
Marion des salins
Le Mas des terres rouges
L'Aîné des Gallian
L'Ombre de la Sainte-Victoire

Brigitte Varel

Un village pourtant si tranquille
Les Yeux de Manon
Emma
L'Enfant traqué
Le Chemin de Jean
L'Enfant du Trièves
Le Déshonneur d'un père
Blessure d'enfance
Mémoire enfouie
Une vérité de trop

Louis-Olivier Vitté

La Rivière engloutie
L'Enfant des terres sauvages
L'Inconnue de la Maison-Haute
Le Secret des trois sœurs

Colette Vlérick

La Fille du goémonier
Le Brodeur de Pont-l'Abbé
La Marée du soir
Le Blé noir
Les Terres chaudes

Cet ouvrage a été imprimé en France par

BUSSIÈRE

à Saint-Amand-Montrond (Cher)
en mars 2011

Composition et mise en pages : FACOMPO, LISIEUX

N° d'édition : 8859 – N° d'impression : 110844/1
Dépôt légal : mars 2011